FIFI PRINCESSE

Astrid Lindgren

Astrid Lindgren, née dans une ferme suédoise en 1907, commence à écrire en 1944. Elle apporte alors à la littérature pour les enfants fantaisie et chaleur. Elle marque encore aujourd'hui la littérature suédoise et internationale. En 1958, elle a reçu le prix Andersen. Astrid Lindgren est décédée en janvier 2002.

Du même auteur :

- Fifi Brindacier
- Fifi à Couricoura
- Les frères cœur-de-lion
- Karlsson sur le toit
- Le retour de Karlsson sur le toit
- Le meilleur Karlsson du monde
- Les farces d'Emil
- Les nouvelles farces d'Emil
- Les mille et une farces d'Emil
- Mio, mon Mio
- Ronya, fille de brigand

ASTRID LINDGREN

FIFI
PRINCESSE

Traduit du suédois
par Alain Gnaedig

Illustrations :
Ingrid Vang Nyman

L'édition originale de ce roman
a paru en langue suédoise, en 1946,
chez Rabén & Sjögren, Stockholm,
sous le titre :
PIPPI LÅNGSTRUMP GÅR OMBORD

© Rabén & Sjögren, Stockholm.
© Hachette Livre, 1995, 2002.

Il y a plus de cinquante ans, paraissait en Suède, signé d'une certaine Astrid Lindgren, le premier volume d'une série de trois livres pour enfants, dont l'héroïne, Pippi Långstrump, allait être bientôt connue dans le monde entier, sous des noms divers. C'est que, dans l'univers bien sage de ce qu'on appelait alors la « littérature enfantine », le personnage si neuf et si exceptionnel qu'était Fifi Brindacier, libre, primesautier, imprévisible, faisait irruption avec une joyeuse hardiesse. Ce fut un coup de vent émoustillant.

Pour des raisons propres à cette époque, Hachette, après la guerre, rassembla la matière des trois volumes suédois en deux volumes français. Ces dernières années, des critiques s'étaient élevées au sujet du texte français. On lui reprochait quelques libertés par rapport au texte suédois, des atténuations, un ton un peu trop sage et trop policé, peut-être.

À l'occasion du cinquantenaire, il convenait de restituer dans sa forme primitive, et avec un souci de rigoureuse conformité à l'original, cette œuvre de la grande Astrid Lindgren, devenue un classique mondial de la littérature de jeunesse. L'éditeur est heureux, pour répondre à ces exigences, de présenter ici une traduction entièrement nouvelle.

1

Fifi habite toujours à la villa
Drôlederepos

Si, par le plus grand des hasards, un étranger se
retrouve à la limite de la toute petite ville, il aper-
cevra la villa *Drôlederepos*. En soi, la villa n'a rien
d'extraordinaire : une vieille maison entourée par
un vieux jardin, lui-même envahi par les mau-

vaises herbes. Mais l'étranger de passage s'arrêtera peut-être en se demandant qui habite à cet endroit. Bien entendu, tous les habitants de la toute petite ville savent, eux, qui vit là. Tout comme ils savent pourquoi un cheval trône sur la véranda. Cela, un voyageur de passage ne peut pas le savoir, et il se posera des questions, surtout s'il se fait tard, et que, malgré l'heure avancée, il aperçoit une petite fille sortir dans le jardin – une petite fille qui ne semble avoir aucune envie d'aller se coucher. Voilà donc le genre de question qu'il se posera :

« Pourquoi la maman de cette petite fille ne l'envoie-t-elle pas se coucher ? Tous les enfants sont au lit à une heure pareille ! »

Mais comment cet étranger pourrait-il savoir que cette petite fille-là n'a pas de maman ? Ni de papa d'ailleurs, du moins, pas de papa à la maison. Et qu'elle habite toute seule à la villa *Drôlederepos* ? Enfin, pas vraiment toute seule, si l'on veut être précis. Elle a son cheval sur la véranda, ainsi que son petit singe, M. Nilsson. Mais, cela aussi, un étranger de passage ne peut pas en avoir la moindre idée. Si la petite fille vient à la grille – ce qu'elle fera sûrement car elle aime bien parler aux gens –, l'étranger en question la regardera des pieds à la tête et il ne pourra s'empêcher de penser :

« Je n'ai jamais vu une petite fille aussi rousse et avec autant de taches de rousseur. »

Puis, à la réflexion, il se dira peut-être :

« Les taches de rousseur et les cheveux roux sont bien jolis, surtout quand on a l'air aussi heureuse que cette petite fille. »

Peut-être que la personne de passage voudra connaître le nom de cette petite fille rousse qui se promène toute seule dans son jardin à la nuit tombée. S'il se trouve juste à côté de la grille, il n'aura qu'à demander :

« Comment t'appelles-tu ? »

Une voix enjouée ne tardera pas à lui répondre :

« Je m'appelle Fifilotta, Provisionia, Gabardinia, Pimprenella Brindacier, fille du capitaine Éfraïm Brindacier, ex-terreur des océans, désormais roi des Indigènes. Mais tout le monde m'appelle Fifi ! »

Si elle affirme que son papa est roi des Indigènes, c'est qu'elle y croit fermement, car il a navigué sur tous les océans. Fifi l'a accompagné sur son navire, jusqu'au jour où il a disparu en mer, emporté par une tempête. Et comme son papa est assez costaud, elle est certaine qu'il ne s'est pas noyé. Oui, il a certainement rejoint une île remplie d'Indigènes.

Il se peut que ce voyageur de passage, s'il a du temps devant lui et qu'il ne soit pas obligé de prendre le train le soir même, discute avec Fifi et comprenne qu'elle habite seule à la villa *Drôlederepos,* seule avec un cheval et un petit singe. Si cette personne a bon cœur, elle ne pourra s'empêcher de se demander :

« Mais de quoi vit cette pauvre enfant ? »

Oh ! il n'a pas à s'en inquiéter, car Fifi répondra, comme à son habitude :

« Je suis riche comme une fée ! »

En effet, Fifi possède une valise pleine de pièces d'or que son papa lui a données et elle se débrouille parfaitement sans maman ni papa. Certes, elle n'a personne pour lui dire d'aller se coucher quand c'est l'heure, mais elle a trouvé la parade : elle se l'ordonne elle-même ! Il arrive qu'elle ne se le dise pas avant dix heures du soir, car elle en a par-dessus la tête de ces histoires qui veulent qu'un enfant soit couché à sept heures, au moment où l'on s'amuse le plus. Donc, le voyageur de passage ne sera pas du tout surpris de voir Fifi déambuler dans son jardin alors que le soleil est déjà couché, qu'il commence à faire frais et que Tommy et Annika sont déjà au lit depuis longtemps. Tommy et Annika ? Ce sont les camarades de jeu de Fifi qui habitent la maison voisine de la villa *Drôlederepos,* les deux petits voisins toujours fourrés chez Fifi – sauf quand ils sont à l'école, qu'ils mangent et qu'ils dorment. Tommy et Annika ont un papa et une maman qui considèrent, eux, que les enfants doivent être couchés à sept heures du soir.

Si l'étranger de passage a encore du temps devant lui après que Fifi lui a souhaité bonne nuit, il verra peut-être Fifi se diriger vers la véranda, soulever bien haut son cheval et le déposer dans le jardin. Là, l'étranger se frottera sûrement les yeux en se disant qu'il est en train de rêver.

« Mais qui est donc cette petite fille capable de soulever un cheval ? Je n'ai jamais vu d'enfant aussi extraordinaire ! »

Et il aura bien raison. Fifi est la petite fille la plus extraordinaire – du moins, dans cette ville-là.

Peut-être y a-t-il des enfants extraordinaires dans d'autres endroits mais, dans cette toute petite ville, Fifi Brindacier n'a pas son pareil. Et l'on ne trouvera nulle part ailleurs une petite fille aussi forte que Fifi.

2

Fifi fait des courses

C'était une belle journée de printemps, le soleil brillait, les oiseaux gazouillaient et les fossés étaient remplis de neige fondue. Tommy et Annika allèrent chez Fifi en sautant par-dessus ces obstacles. Tommy avait pris quelques morceaux de sucre pour le cheval et il s'arrêta à la véranda avec sa sœur pour caresser le cheval un moment. À l'intérieur, ils trouvèrent Fifi qui dormait, les pieds sur l'oreiller et la tête sous les couvertures. Fifi dormait toujours dans cette position. Annika lui pinça le gros orteil en disant :

— Debout !

M. Nilsson, le petit singe, était déjà réveillé et avait grimpé dans le lustre. Il y eut du mouvement sous les couvertures et une tête rousse en émergea. Fifi ouvrit ses grands yeux vifs et fit un grand sourire :

— Ah ! C'est vous ! Je croyais que c'était mon papa, le roi des Indigènes, qui venait voir si j'avais des cors aux pieds.

Fifi s'assit sur le bord du lit et enfila ses bas – un marron, l'autre noir.

— Parce qu'avec ça, je ne risque pas d'en attraper, dit-elle en glissant ses pieds dans les longues chaussures noires deux fois trop grandes pour elle.

— Fifi, que faisons-nous aujourd'hui ? demanda Tommy. Annika et moi n'avons pas école.

— Voyons, voyons... On ne peut pas danser autour du sapin de Noël, on l'a jeté il y a trois mois. On aurait aussi pu patiner toute la matinée, mais ce n'est plus la saison. Ah ! On aurait pu chercher de l'or, mais nous ne savons pas où en trouver. D'ailleurs, la plupart des gisements d'or se trouvent en Alaska et il n'y a pas un centimètre réservé aux chercheurs d'or par ici. Non, il va falloir trouver autre chose.

— Quelque chose d'amusant, précisa Annika.

Fifi fit deux tresses avec ses cheveux, deux tresses qui restèrent bien droites de chaque côté de sa tête. Elle réfléchit.

— Et si nous allions faire des courses en ville ?

— Mais nous n'avons pas d'argent, objecta Tommy.

— Moi j'en ai, répliqua Fifi qui, pour le prouver, alla ouvrir sa valise bourrée de pièces d'or. Elle en prit une poignée qu'elle fourra dans la poche de son tablier.

— Ah ! Si seulement je trouvais mon chapeau, nous pourrions nous mettre en route !

17

Pas de trace du chapeau. Fifi chercha d'abord dans le coffre à bois mais, curieusement, il ne s'y trouvait pas. Elle regarda ensuite dans la huche à pain mais n'en ressortit qu'un fixe-chaussette, un réveil cassé et un vieux croûton. Pour finir, elle jeta un coup d'œil dans l'armoire à chapeaux mais n'y découvrit qu'une poêle à frire, un tournevis et un morceau de fromage.

— C'est le bazar complet ! Je ne trouve plus rien du tout ! dit Fifi, furieuse. Je cherche ce fromage depuis un sacré bout de temps. C'est un coup de pot que je mette la main dessus. Chapeau, où es-tu ? finit-elle par crier. Tu viens avec nous ou non ? Si tu ne te montres pas tout de suite, tu vas être en retard !

Aucun chapeau ne pointa le bout de son nez.

— Tant pis pour lui. Quel entêté, tout de même ! Mais je ne veux pas entendre de jérémiades quand je rentrerai, dit-elle fermement.

Peu après, Tommy, Annika et Fifi, avec M. Nilsson juché sur son épaule, prirent le chemin du centre-ville. Le soleil brillait, le ciel était bleu et les enfants rayonnaient de joie. Ça gargouillait dans le fossé au bord de la route, un fossé profond, rempli d'eau.

— J'adore les fossés, dit Fifi en sautant dedans immédiatement. Elle eut de l'eau jusqu'aux genoux et éclaboussa Tommy et Annika.

— Je suis un bateau, dit-elle en avançant dans l'eau avant de trébucher. Je veux dire, un sous-marin, reprit-elle, imperturbable, en émergeant peu après.

— Mais, Fifi, tu es complètement trempée, dit Annika, inquiète.

— Et alors ? Qui a dit que les enfants devaient nécessairement être secs ? J'ai entendu dire que les douches froides faisaient du bien. Et pourquoi est-ce seulement dans ce pays que les gens défendent aux enfants de se baigner dans les fossés ? En Amérique, les fossés sont tellement remplis d'enfants qu'il n'y a plus de place pour l'eau ! Ils restent dans les fossés toute l'année et, en hiver, seules leurs têtes dépassent de la glace. Leurs mamans leur apportent des soupes et des steaks puisqu'ils ne peuvent pas rentrer manger chez eux. Mais crois-moi, ils sont frais comme des gardons !

La petite ville avait l'air ravissante sous le soleil printanier. Les rues pavées et étroites semblaient serpenter à leur guise entre les rangées de maisons. Chaque maison était entourée d'un jar-

19

dinet avec des perce-neige et des crocus. Beaucoup de gens faisaient leurs courses par cette belle journée de printemps et les sonnettes des magasins tintaient sans discontinuer. Panier au bras, les dames achetaient du café, du sucre, du savon et du beurre. Nombre d'enfants achetaient des bonbons ou un paquet de chewing-gums, mais la plupart n'avaient pas d'argent et ces pauvres petits devaient se contenter de regarder les confiseries qui se trouvaient dans les vitrines.

Alors que le soleil brillait bien haut, trois enfants apparurent dans la Grand-Rue : Tommy, Annika et Fifi, une Fifi bien trempée, une Fifi qui laissait des traces humides sur son passage.

— Quelle chance ! s'exclama Annika. Regardez tous ces magasins ! Et dire que nous avons plein de pièces d'or !

Tommy bondit de joie à cette idée.

— Bon. Il serait temps de s'y mettre, dit Fifi. Pour commencer, je voudrais m'acheter un piano.

— Mais enfin, Fifi, répliqua Tommy, tu ne sais pas en jouer !

— Comment le saurais-je puisque je n'ai jamais eu de piano pour essayer ? Et permets-moi de te dire, Tommy, que jouer du piano sans piano, ça demande un sacré entraînement !

Malheureusement, il n'y avait pas de marchand de pianos en vue. En revanche, en passant devant une parfumerie, les enfants aperçurent dans la devanture un grand pot de pommade et, à côté, une pancarte qui disait : « Souffrez-vous de vos taches de rousseur ?

— Qu'est-ce qu'ils disent ? demanda Fifi qui ne savait pas très bien lire, puisqu'elle ne voulait pas aller à l'école, comme les autres enfants.

— Il est écrit : « Souffrez-vous de vos taches de rousseur ? »

— Voyons, voyons, répéta Fifi, pensive. Une question aimable mérite une réponse aimable. Allez, on entre.

Fifi poussa la porte du magasin avec Tommy et Annika sur ses talons. Une dame d'un certain âge se tenait derrière le comptoir. Fifi alla droit vers elle.

— Non, dit-elle d'un ton ferme.

— Pardon ? répondit la dame.

— Non, répéta Fifi.

— Je ne comprends pas...

— Non, je ne souffre pas de mes taches de rousseur !

La dame comprit alors. Elle jeta un coup d'œil à Fifi et s'écria :

— Mais, ma petite, tu en es couverte !

— Bien sûr. Mais je n'en souffre pas. Je les adore ! Allez, salut !

Au moment de sortir, Fifi se retourna et cria :

— Si jamais vous avez une pommade qui fait pousser les taches de rousseur, vous m'en ferez livrer sept ou huit pots !

Un magasin de vêtements pour dames se trouvait à côté de la parfumerie.

— Nous n'avons encore rien acheté. Il serait temps de s'y mettre sérieusement, dit Fifi.

Elle entra, suivie de Tommy et d'Annika. Ils aperçurent un beau mannequin revêtu d'une magnifique robe en soie bleue. Fifi s'approcha du mannequin et lui serra vigoureusement la main.

— Bonjour, bonjour ! Je suppose que vous êtes la directrice de cet établissement ? Enchantée de faire votre connaissance, dit Fifi en serrant de plus en plus fort la main du mannequin.

C'est alors que se produisit un terrible accident : le bras du mannequin se détacha, glissa hors de la manche et... Fifi se retrouva avec un long bras blanc dans la main. Tommy retint son

22

souffle, horrifié ; Annika eut du mal à retenir ses larmes. Le vendeur se précipita et se mit à réprimander copieusement Fifi.

— Hé, ho ! Du calme ! On ne s'entend plus ! finit-elle par dire. Ce n'est pas un self-service dans ce magasin ? J'avais l'intention d'acheter ce bras.

Le vendeur, encore plus furieux, dit que le mannequin n'était pas à vendre, surtout pas en pièces détachées. Mais puisque Fifi l'avait cassé, elle allait le payer.

— Bizarre autant qu'étrange, répliqua Fifi. Encore heureux que tous les vendeurs ne soient pas aussi cinglés. Quand je vais acheter des côtes de porc chez le boucher, on ne me demande pas d'acheter le cochon tout entier !

D'un geste élégant, elle prit deux pièces d'or de son tablier et les lança sur le comptoir. Le vendeur en resta muet de surprise.

— Votre portemanteau géant coûte-t-il plus que ça ? demanda-t-elle.

— Non, certainement pas, répondit le vendeur en s'inclinant à en toucher le sol.

— Gardez la monnaie et achetez des bonbons à vos enfants, dit Fifi en se dirigeant vers la porte. Le vendeur la raccompagna sans cesser de faire de profondes courbettes et lui demanda où il fallait livrer le mannequin.

— Je ne veux que le bras, et je l'emporte avec moi. Donnez le reste aux pauvres. Bonjour chez vous !

— Mais que vas-tu faire de ce bras ? demanda Tommy lorsqu'ils furent dans la rue.

— Ce que je vais en faire ? Les gens ont bien des fausses dents et des faux cils ! Et même des faux nez ! Alors, pourquoi n'aurais-je pas un petit faux bras ? D'ailleurs, c'est vachement pratique d'avoir trois bras. Je me souviens, une fois, quand j'étais avec papa, nous sommes arrivés dans une ville où tout le monde avait trois bras. Étonnant, non ? Les gens étaient en train de manger, avec la fourchette dans une main et le couteau dans l'autre et soudain, ils avaient envie de se curer le nez ou de se gratter l'oreille. Eh bien, ils étaient drôlement contents d'avoir leur troisième bras. Ça leur faisait gagner un temps fou.

Fifi eut l'air songeur.

— Ah ! Voilà que je recommence à mentir. C'est bizarre que tant de bobards sortent de ma bouche sans que j'y puisse rien. En fait, les gens n'avaient pas trois bras dans cette ville. Seulement deux.

Elle se tut un instant et réfléchit.

— Du reste, pas mal n'en avaient qu'un seul. Et si je veux vraiment être précise, certains n'en n'avaient pas du tout. Quand ils avaient faim, ils ne leur restait plus qu'à s'allonger et à lécher leur assiette. Ils ne pouvaient pas se gratter l'oreille tout seuls, il fallait qu'ils demandent à leur maman.

Fifi hocha tristement la tête.

— En fait, je n'ai jamais vu aussi peu de bras que dans cette ville. Mais c'est moi tout craché : il faut toujours que je fasse l'intéressante et que je prétende que les gens ont plus de bras qu'en réalité.

Fifi poursuivit son chemin, le faux bras sur l'épaule, et s'arrêta devant une confiserie. De nombreux enfants s'étaient attroupés devant la vitrine et contemplaient tous les délices déployés sous leurs yeux : de grands bocaux remplis de bonbons rouges, bleus et verts, des rangées de chocolats, des piles de chewing-gums et des montagnes de sucettes. Pas étonnant que les enfants poussent de longs soupirs : ils n'avaient pas un sou en poche, même pas une petite pièce de cinq centimes.

— Fifi ! On entre ? supplia Tommy en tirant Fifi par la manche.

— Et *comment* ! répliqua Fifi.

Ils pénétrèrent dans le magasin.

— Je voudrais dix-huit kilos de bonbons, dit Fifi en agitant une pièce d'or. La vendeuse en resta bouche bée. Personne n'achetait autant de bonbons à la fois.

— Tu veux dire, dix-huit bonbons ?

— Je veux dire que je veux dix-huit kilos de bonbons, répondit Fifi en posant la pièce d'or sur le comptoir. La vendeuse se mit à verser à toute vitesse les bonbons dans de grands sacs. Tommy et Annika désignaient les meilleurs. Il y avait les rouges, délicieux, qui fondaient rapidement dans la bouche, les acidulés verts qui n'étaient pas mauvais non plus, les pastilles et autres réglisses.

— Mettez-en trois kilos de chaque, dit Annika.

— Mettez aussi soixante sucettes et soixante-douze sachets de caramels. Et puis, je crois que cent trois cigarettes en chocolat me feront bien la journée. Ce sera tout. Non, il me faudrait aussi une petite brouette pour les transporter.

La vendeuse lui indiqua qu'elle en trouverait une à la boutique de jouets voisine.

Les ribambelles d'enfants qui se pressaient devant la confiserie étaient tous plus excités les uns que les autres par la manière dont Fifi faisait ses courses. Fifi se précipita chez le marchand de jouets, acheta une brouette qu'elle chargea de ses sacs. Elle regarda autour d'elle et cria :

— Que ceux qui n'aiment pas les bonbons fassent un pas en avant !

Personne ne s'avança.

— Bizarre autant qu'étrange. Y a-t-il quelqu'un qui aime les bonbons ?

Vingt-trois enfants s'avancèrent, Tommy et Annika compris, bien entendu.

— Tommy, ouvre les sacs, demanda Fifi.

Tommy s'exécuta. Alors commença une distribution de bonbons comme la petite ville n'en avait jamais connu. Et les enfants se retrouvèrent la bouche pleine de bonbons, les rouges qui fondaient sous la langue, les acidulés verts, les pastilles et autres réglisses. On pouvait toujours avoir une cigarette en chocolat au coin des lèvres, le chocolat et le réglisse se mariant fort bien. Des enfants accoururent de partout et Fifi distribuait les bonbons à pleines poignées.

— Je crois qu'il va falloir que j'en achète dix-huit kilos de plus, sinon, il n'en restera pas pour demain.

Fifi acheta donc ses dix-huit kilos supplémentaires, mais il n'en resta pas plus pour le lendemain.

— Allez, on passe au magasin suivant, dit Fifi en entrant dans le magasin de jouets, suivie par tous les enfants. Le magasin regorgeait de belles choses : des trains électriques, des voitures à pédales, de jolies poupées avec de beaux habits, des maisons de poupées, des pistolets à amorces, des soldats de plomb, des chiens et des éléphants en peluche, des signets et des polichinelles.

— Qu'est-ce que ce sera ? demanda la vendeuse.

— Un peu de tout, répondit Fifi en scrutant les étagères. Nous manquons gravement de polichinelles et de pistolets à amorces. Mais on doit sûrement pouvoir arranger ça.

Fifi sortit une poignée de pièces d'or et les enfants purent choisir ce dont ils avaient le plus envie. Annika opta pour une magnifique poupée aux cheveux blonds et bouclés, vêtue d'une robe en soie rose et qui disait « maman » quand on appuyait sur son ventre. Tommy obtint une carabine à air comprimé et une petite locomotive. Tout le monde fit son choix et, une fois que Fifi eut terminé les achats, il ne restait plus grand-chose dans le magasin, hormis quelques signets et quelques cubes. Fifi n'acheta rien pour elle, mais elle offrit un miroir à M. Nilsson.

Pour finir, Fifi acheta un ocarina à chacun et ils sortirent tous en jouant de leur instrument, Fifi battant la mesure avec son faux bras. Un petit garçon se plaignit de ne pas pouvoir souffler dans son ocarina. Fifi l'examina.

— Pas étonnant ! Il est bouché par un chewing-gum. Dis-moi, où as-tu trouvé ce trésor ? demanda-t-elle en jetant une grosse boulette blanche. Je ne me souviens pas d'avoir acheté de chewing-gum !

— Je l'ai depuis vendredi dernier.

— Et tu n'as pas peur que tes lèvres finissent par se coller ? À la longue, c'est ce qui arrive à ceux qui mâchent du chewing-gum.

Elle tendit l'ocarina au gamin qui souffla de plus belle, avec ses petits camarades. Il y eut un tel vacarme dans la Grand-Rue qu'un policier vint voir ce qui se passait.

— Mais qu'est-ce que c'est que ce boucan ! s'écria-t-il.

— C'est la marche du régiment de la Garde, répondit Fifi. Mais je ne suis pas sûre que tout le monde le sache. Je crois que certains prennent ça pour *C'est nous, les gars de la marine* !

— Arrêtez tout de suite ! rugit le policier en se bouchant les oreilles. Fifi lui tapota doucement le dos avec son faux bras.

— Estimez-vous heureux que nous n'ayons pas acheté des trombones !

Les ocarinas se turent l'un après l'autre et, pour finir, il ne sortait qu'un petit « pip ! » de celui de Tommy. Le policier dit d'une voix sévère que les rassemblements étaient interdits dans la Grand-Rue et que les enfants devaient rentrer chez eux. Les enfants n'avaient rien contre cet ordre. Ils avaient très envie d'essayer leurs trains électriques, leurs voitures à pédales ou de préparer le lit de leurs nouvelles poupées. Ils rentrèrent donc, heureux et ravis. Et, ce jour-là, ils se moquèrent tous du dîner.

Fifi, Tommy et Annika devaient rentrer aussi. Fifi tirait sa brouette et déchiffrait tant bien que mal les enseignes devant les grilles.

— Phar... ma... cie. N'est-ce pas là qu'on achète les maudits-calmants ?

— Oui, c'est là qu'on achète les *médicaments,* corrigea Annika.

31

— Oh ! là ! là ! Il faut que j'en achète tout de suite !

— Mais tu n'es pas malade, fit observer Tommy.

— Je ne le suis peut-être pas maintenant, mais je ne veux pas courir le risque. Chaque année, des tas de gens tombent malades et meurent parce qu'ils n'ont pas acheté les maudits-calmants à temps. Il est hors de question que cela m'arrive.

Le pharmacien était en train de préparer des pilules mais il ne comptait pas continuer long-temps. L'heure de la fermeture approchait. Fifi, Tommy et Annika s'approchèrent du comptoir.

— Je voudrais quatre litres de maudit-calmant, demanda Fifi.

— Et quelle sorte de *médicament* ? demanda le pharmacien sur un ton impatient.

— Eh bien, j'en voudrais un qui guérisse les maladies.

— Quelles maladies ? demanda le pharma-cien, de plus en plus agacé.

— Voyons... J'en voudrais un qui soigne la coqueluche, les écorchures aux pieds, les maux de ventre, la rougeole et qui fait du bien si on a un petit pois bloqué dans le nez. Ça serait bien si je pouvais aussi m'en servir pour faire briller les meubles. Voilà, un vrai bon maudit-calmant.

Le pharmacien expliqua qu'il y avait un médicament pour chaque maladie et, lorsque Fifi énuméra une dizaine d'autres maux qu'elle tenait également à soigner, il plaça sur le comptoir toute une rangée de flacons. Il écrivit « Usage Externe » sur certains, ce qui signifiait qu'il fallait uniquement se frotter avec la pommade. Fifi paya, prit ses flacons, remercia et sortit. Tommy et Annika la suivirent. Le pharmacien regarda sa pendule et vit qu'il était l'heure de fermer. Il ferma la porte à clef derrière les enfants, en pensant qu'il serait bientôt rentré chez lui pour dîner.

Fifi posa les flacons par terre.

— Oh ! là ! là ! J'ai failli oublier le principal !

La porte étant fermée, Fifi sonna longtemps. Tommy et Annika entendirent une sonnerie aiguë à l'intérieur. Quelques instants plus tard, on ouvrit un guichet dans la porte – par où l'on passe les médicaments quand on est malade la nuit. Le pharmacien y passa la tête. Il était rouge de colère.

— Que veux-tu encore ? demanda-t-il d'un ton hargneux.

— Excusez-moi, monsieur le pharmacien, mais je viens de me rappeler une chose. Vous qui vous y connaissez tellement, qu'est-ce qui est le mieux quand on a mal à l'estomac ? Manger du boudin noir ou mettre son ventre à tremper toute la nuit dans l'eau froide ?

Le visage du pharmacien vira au rouge brique.

— Fiche le camp tout de suite ! cria-t-il en claquant le guichet.

— Vraiment, quel mal embouché ! À l'entendre, on croirait que je lui ai fait quelque chose.

Fifi sonna une nouvelle fois et, à peine quelques secondes plus tard, le pharmacien réapparaissait au guichet, le visage encore plus rouge.

— Le boudin noir est peut-être un peu lourd, vous ne pensez pas ? suggéra Fifi, en adressant un regard amical au pharmacien. Celui-ci ne répondit pas et claqua de nouveau le guichet.

— Tant pis, dit Fifi en haussant les épaules, j'essaierai le boudin noir. Ce sera sa faute si je ne me sens pas bien.

Fifi s'assit calmement sur les marches de la pharmacie et mit ses flacons en rang.

— Vraiment, qu'est-ce que les grandes personnes manquent d'esprit pratique parfois ! Regardez, j'ai un, deux... huit flacons alors que tout pourrait tenir dans une seule bouteille. Encore heureux que j'aie un peu de bon sens, moi.

Sur ce, elle ôta les bouchons, versa le contenu des huit flacons dans un seul et le secoua énergiquement. Puis elle porta le goulot à ses lèvres et but de grandes gorgées. Annika, qui se rappelait que certains médicaments étaient à usage externe, s'inquiéta un peu.

— Fifi, comment sais-tu que ce médicament n'est pas dangereux ?

— Je m'en rendrai compte, répondit joyeusement Fifi. Je le saurai demain, au plus tard. Si je suis encore vivante, c'est qu'il n'est pas dangereux et même un tout petit bébé pourra en prendre.

Tommy et Annika réfléchirent à ces paroles. Un moment plus tard, Tommy objecta, dubitatif :

— Oui, mais si c'est dangereux ?

— Vous utiliserez ce qui restera pour faire briller les meubles de la salle à manger et, dangereux ou pas, le maudit-calmant servira au moins à quelque chose.

Fifi posa la bouteille dans la brouette, avec le faux bras, la petite locomotive et le fusil à air comprimé de Tommy, la poupée d'Annika et un sachet contenant cinq bonbons rouges – tout ce qu'il restait des dix-huit kilos. M. Nilsson se trouvait là également. Il était fatigué et voulait rentrer.

— Et puis, je crois que c'est un très bon maudit-calmant. Je me sens déjà beaucoup mieux, je dirai même prête à tout, dit-elle en tirant la brouette vers la villa *Drôlederepos*. Tommy et Annika marchaient à ses côtés, l'estomac un tout petit peu ballonné.

3

Fifi écrit une lettre et
va à l'école – mais seulement
un petit peu

— Aujourd'hui, dit Tommy, Annika et moi
avons écrit à notre grand-mère.

— Ah bon ? répondit Fifi en continuant de
remuer le contenu d'une casserole avec le manche
de son parapluie. Le dîner sera délicieux, dit-elle
en y plongeant le nez. « Faire bouillir une heure
en remuant, et servir immédiatement sans gingembre. » Que disais-tu ? Tu as écrit à ta grand-
mère ?

— Oui, répondit Tommy qui était assis jambes pendantes sur le coffre à bois de la cuisine. Et nous recevrons bientôt une réponse.

— Je ne reçois jamais de courrier, dit Fifi, indignée.

— Oui, mais tu n'écris jamais, objecta Annika. On ne reçoit pas de courrier si l'on n'écrit pas.

— Et cela, parce que tu ne vas pas à l'école, ajouta Tommy. Tu n'apprendras pas à écrire sans aller à l'école.

— Je sais écrire. Je connais un tas de lettres. Fridolf, le matelot sur le bateau de mon papa, m'en a appris plein. Et si on manque de lettres, on peut toujours se servir de chiffres. Non mais, je sais écrire, moi ! Sauf que je ne sais pas sur quoi. Que met-on habituellement dans une lettre ?

— Eh bien... Je demande à ma grand-mère comment elle va et je lui donne de mes nouvelles. Je parle ensuite de la pluie et du beau temps. Aujourd'hui, j'ai mentionné que j'avais tué un gros rat dans notre cave.

Fifi réfléchit tout en remuant la casserole.

— C'est vraiment triste de ne pas recevoir de courrier. Tous les enfants reçoivent des lettres. Ça ne peut plus durer. Et si je n'ai pas de grand-mère à qui écrire, je n'ai plus qu'à m'envoyer des lettres. D'ailleurs, je vais m'y mettre tout de suite.

Fifi ouvrit la porte du four et regarda à l'intérieur.

— Si je me souviens bien, il doit traîner un stylo par ici.

Il y avait effectivement un stylo. Fifi le prit, déchira un grand sac en papier blanc et s'assit à la table de la cuisine. De profondes rides marquèrent son front ; elle réfléchissait.

— Ne me dérangez pas, je réfléchis.

Tommy et Annika décidèrent de jouer avec M. Nilsson pendant ce temps. Ils réussirent à lui enfiler son petit costume. Annika essaya de le coucher dans le lit de poupée vert. Elle voulait jouer à l'infirmière. Tommy serait le docteur et M. Nilsson l'enfant malade. Mais M. Nilsson refusa de rester tranquille. Il se glissa hors du lit, grimpa au lustre de la cuisine et s'y suspendit par la queue. Fifi leva le nez de sa feuille de papier.

— Monsieur Nilsson, cesse de faire l'imbécile ! Un enfant malade ne se suspend pas à un lustre par la queue ! Du moins, pas chez nous. J'ai entendu dire que ça arrivait en Afrique du Sud. Les gens accrochent leur bébé au lustre quand il a un peu de fièvre et il y reste jusqu'à son rétablissement. Mais nous ne sommes pas en Afrique du Sud, il me semble...

Tommy et Annika abandonnèrent M. Nilsson et allèrent caresser le cheval. Celui-ci fut ravi de les voir sur la véranda et il flaira leurs mains, à la recherche de morceaux de sucre. Annika fonça en chercher.

Fifi écrivit longtemps et acheva sa lettre. Elle n'avait pas d'enveloppe. Tommy courut lui en chercher une et lui donna également un timbre. Fifi écrivit son nom et son adresse : « Mademoiselle Fifilotta Brindacier, villa *Drôlederepos.*

— Que dit la lettre ? demanda Annika.

— Comment le saurais-je ? Je ne l'ai pas encore reçue !

À cet instant, le facteur passa devant la villa *Drôlederepos.*

— Un coup de chance ! Voilà le facteur juste quand j'ai besoin de lui.

Fifi se précipita dans la rue.

— S'il vous plaît, portez immédiatement cette lettre à Fifi Brindacier. C'est urgent.

Le facteur regarda la lettre, puis Fifi.

— Mais n'es-tu pas Fifi Brindacier ?

— Évidemment ! Vous me prenez pour qui ? Pour l'impératrice d'Abyssinie ?

— Dans ce cas, pourquoi ne portes-tu pas cette lettre toi-même ?

— Pourquoi ? Ah ! Que ne faut-il pas entendre ! Alors comme ça, c'est aux gens de porter leurs lettres eux-mêmes ? Et le facteur ? Il compte pour des prunes ? Je n'ai jamais rien entendu d'aussi stupide ! Non, mon p'tit bonhomme, si c'est comme ça que tu fais ton travail, tu ne deviendras jamais receveur des postes, je te le garantis !

Le facteur se dit qu'il ne lui restait plus qu'à faire ce que lui demandait Fifi. Il déposa donc la lettre dans la boîte aux lettres de la villa *Drôlederepos*. À peine s'y trouvait-elle que Fifi la sortit, tout excitée.

— Oh ! là ! là ! Je ne peux pas attendre plus longtemps ! C'est la première lettre que je reçois !

Les enfants s'assirent sur les marches de la véranda et Fifi déchira l'enveloppe. Tommy et Annika lurent par-dessus l'épaule de Fifi :

« CHÈR FIFI. J'ESPAIR QUE TU VA BIEN. CE SERAI 13 EMBÉTAN SI TU ÉTÉ MALAD. J'AI LA SAN-T. ICI IL FAIT BO TEMP. HIER TOMY A TUÉ 1 GRO RAT. BISES. FIFI. »

— Oh ! s'exclama Fifi, ravie. Ma lettre dit exactement la même chose que la lettre que tu as écrite à ta grand-mère. Ça prouve que c'est une vraie ! Je la garderai précieusement dans un coin.

Fifi remit la lettre dans l'enveloppe et la rangea dans un petit tiroir du gros secrétaire dans le salon. Il y avait peu de choses que Tommy et Annika aimaient autant que de regarder tous les objets merveilleux que Fifi conservait dans son bureau. Fifi avait beau leur donner souvent des cadeaux, les trésors semblaient ne jamais prendre fin.

— En tout cas, dit Tommy, il y avait beaucoup de fautes d'orthographe dans ta lettre.

— Oui, tu devrais aller à l'école pour apprendre à écrire un peu mieux, ajouta Annika.

— Non, merci. J'y suis déjà allée toute une journée et je n'ai pas encore fini de digérer tout le savoir dont on m'a bombardée.

— Mais nous irons en excursion un de ces jours, reprit Annika. Toute la classe.

— Ça, c'est trop fort ! dit Fifi en mordant une de ses nattes. Bien entendu, je ne pourrai pas vous accompagner parce que je ne vais pas à l'école ! C'est comme si les gens se croyaient tout permis parce que je ne sais pas mes tables de nulplication !

— *Multiplication,* insista Annika.

— Oui, c'est bien ce que je dis, nulplication.

— On va faire dix kilomètres en forêt, et on organisera des jeux, dit Tommy.

— C'est vraiment trop injuste ! s'exclama Fifi.

Le lendemain était une très belle journée et les élèves de la petite ville avaient bien du mal à rester tranquilles sur les bancs de l'école. La maîtresse avait ouvert les fenêtres en grand pour laisser entrer le soleil. Il y avait un bouleau juste devant l'école et, à son faîte, un petit étourneau gazouillait joyeusement. Tommy, Annika et leurs camarades l'écoutaient attentivement et ne se souciaient pas du tout de savoir que 9 × 9 = 81.

Soudain, Tommy sursauta.

— Maîtresse, regardez ! cria-t-il en montrant la fenêtre, c'est Fifi !

Tous les regards convergèrent vers le même point. Oui, c'était bien Fifi qui était assise sur une branche du bouleau – branche qui atteignait presque le rebord de la fenêtre.

— Salut, mademoiselle ! Salut, les copains !

— Bonjour, Fifi, répondit la maîtresse. Fifi

avait déjà passé une journée à l'école et la maîtresse se souvenait très bien d'elle. Elles étaient même convenues que Fifi reviendrait peut-être à l'école quand elle serait plus grande et plus raisonnable.

— Que veux-tu, Fifi ?

— J'aurais voulu que tu me jettes un peu de nulplication par la fenêtre, du moins, assez pour que je puisse vous accompagner dans votre excursion. Et puis, si vous trouviez de nouvelles lettres, tu pourrais me les envoyer par la même occasion.

— Ne veux-tu pas entrer un instant ? demanda la maîtresse.

— Non merci ! répondit Fifi, avec franchise, en s'installant plus confortablement sur la branche. Ça me donne le tournis. Le savoir est tellement épais à l'intérieur qu'on pourrait en découper des tranches. Mais ne crois-tu pas, mademoiselle, qu'un peu de ta science pourrait s'envoler par la fenêtre et venir se loger dans ma tête ? Juste assez pour que je vous accompagne ?

— C'est possible, répondit la maîtresse avant de poursuivre la leçon de calcul. Les enfants étaient ravis d'avoir Fifi perchée dans l'arbre, juste au-dehors. Elle avait offert à chacun des bonbons et un jouet le jour où elle avait fait ses courses. Bien sûr, M. Nilsson accompagnait Fifi, et les enfants étaient enchantés de le voir sauter d'une branche sur l'autre. Il sautait même sur la fenêtre et, un moment, il fit un grand bond, atterrit sur Tommy et se mit à lui gratter la tête. La maîtresse demanda à Fifi de rappeler M. Nilsson car Tommy ne pouvait pas calculer combien faisait 315 divisé par 7 avec un singe sur la tête.

En tout cas, il semblait bien que la leçon n'avancerait pas : le soleil de printemps, l'étourneau, Fifi et M. Nilsson, cela faisait trop pour les enfants.

— Mais enfin ! Les enfants ! Vous avez complètement perdu la tête ! dit la maîtresse.

— Oui, dit Fifi perchée dans son arbre, ça n'a pas l'air d'une bonne journée pour la nulplication.

— Nous faisons des *divisions* !

— Il ne devrait pas y avoir de « tion » du tout par une journée pareille. Sauf la récréation !

La maîtresse n'insista pas.

— Dans ce cas, Fifi, tu pourrais peut-être te charger de la récréation ?

— Eh bien... C'est que je ne suis pas si douée que ça pour la récréation, dit Fifi en se suspen-

47

dant par les jambes – ses nattes rousses touchant le sol. Mais je connais une école où on a récréation toute la journée. C'est même inscrit à l'emploi du temps : « Journée de récréation ».

— Tiens, tiens... Où se trouve cette école ?

— En Australie. Dans un village du sud de l'Australie. Tout à fait dans le sud.

Fifi se redressa, les yeux brillants.

— Que font les élèves lorsqu'ils ont récréation ? demanda la maîtresse.

— Ça dépend. Normalement, ils commencent avec du saut par la fenêtre, puis ils poussent de grands cris et reviennent en classe. Ensuite, ils font des cabrioles sur les bancs jusqu'à ce qu'ils n'en peuvent plus.

— Mais que fait donc leur maîtresse pendant ce temps ?

— Elle ? Elle fait aussi des cabrioles, bien sûr ! Elle est encore plus déchaînée que les élèves ! Ensuite, ils se battent pendant une demi-heure – environ. La maîtresse les encourage. S'il pleut, les enfants enlèvent leurs vêtements et courent sous la pluie. La maîtresse joue une marche à l'orgue pour qu'ils gardent le rythme. Certains se mettent sous la gouttière afin de prendre une bonne douche froide.

— Vraiment ?

— Bien sûr. Et c'est une école formidable. Une des meilleures d'Australie. Mais elle est vraiment perdue au fin fond du Sud.

— Je vois ça d'ici. Mais je ne crois pas que ce soit ce qu'il nous faille par ici.

— Quel dommage ! S'il s'agit seulement d'une question de cabrioles, je pourrais peut-être venir vous aider.

— Pour les cabrioles, tu attendras l'excursion.

— Je peux vraiment venir avec vous ? cria Fifi en effectuant un saut périlleux arrière. Ah ! Il faut que je leur raconte ça, en Australie ! Ils peuvent bien garder leur récréation ! Moi, je préfère une excursion !

4

Fifi en excursion

On entendit sur la route un fort piétinement, avec des rires et des bavardages. Vinrent Tommy et son sac à dos, Annika qui portait une robe en coton toute neuve, leur maîtresse et tous leurs camarades de classe – sauf un, qui avait malheureusement attrapé un rhume le jour de l'excursion. Et, devant tout le monde, Fifi sur son cheval. M. Nilsson était assis derrière elle, tenant son miroir de poche dans une main. Il s'amusait à éblouir les enfants et fut très content d'envoyer un rayon de soleil en plein dans les yeux de Tommy.

Annika était absolument convaincue qu'il allait pleuvoir ce jour-là. Elle en était tellement sûre qu'elle en était presque furieuse à l'avance. Mais le ciel était avec eux : le soleil continua de briller, comme emporté par son élan printanier et Annika sentait son cœur battre de joie tandis qu'elle marchait en étrennant sa robe toute neuve. Du reste, tous les enfants étaient ravis. Des joncs poussaient sur le bord de la route et ils passèrent près d'un champ couvert de primevères. Les enfants décidèrent de cueillir des joncs et un gros bouquet de primevères sur le chemin du retour.

— Quelle journée magnifique ! s'exclama Annika en regardant Fifi qui trônait sur son cheval, raide comme un général.

— Oui, répondit Fifi, je ne me suis pas autant amusée depuis le jour où j'ai battu ce grand boxeur noir, à San Francisco. Tu veux monter sur le cheval ?

Fifi souleva Annika et la plaça devant elle. Voyant cela, les autres enfants demandèrent à monter sur le dos du cheval, eux aussi. Ils y eurent droit, chacun leur tour, même si Tommy et Annika purent rester un peu plus longtemps. Une petite fille eut des ampoules et elle monta derrière Fifi – M. Nilsson profitant de la moindre occasion pour tirer sur sa natte.

Le but de l'excursion était un bois surnommé le « Bois des Monstres », parce qu'il était monstrueusement beau. Alors qu'ils étaient presque arrivés, Fifi sauta de sa selle, caressa le cheval et lui dit :

— Tu nous as portés longtemps et tu dois être fatigué. Il n'est pas juste que le même fasse tous les efforts.

Fifi souleva le cheval de ses bras très costauds et le porta jusqu'à une petite clairière où la maîtresse décida de s'arrêter. Fifi regarda autour d'elle et cria :

— Allez, les monstres, montrez-vous un peu, qu'on voie qui est le plus fort !

La maîtresse expliqua à Fifi qu'il n'y avait pas de monstres dans le bois – au grand dam de Fifi.

— Un Bois des Monstres sans monstres ! Les gens inventent vraiment n'importe quoi ! Je parie qu'on aura bientôt des incendies sans feu et des Noëls sans sapins ! C'est d'un radin ! Mais si j'entends parler d'une confiserie sans bonbons, alors là, ils auront affaire à moi. Dans ce cas, il ne me reste plus qu'à faire le monstre moi-même !

Et Fifi poussa un rugissement si terrible que la

maîtresse se boucha les oreilles. Les enfants, eux, étaient terrifiés.

— Oh oui ! On va faire comme si Fifi était un monstre ! s'écria Tommy, ravi. Ses camarades trouvèrent l'idée excellente. Le monstre avait sa tanière dans une crevasse d'un rocher. Les enfants se mirent à crier, pour le faire sortir :

— Le monstre est un idiot ! Le monstre est un idiot !

Et le monstre sortait de sa tanière comme un diable de sa boîte, poursuivant les enfants qui s'égaillaient dans toutes les directions pour se cacher. Les enfants capturés étaient emmenés dans la crevasse et le monstre leur disait qu'il les mangerait pour son dîner. Mais ils parvenaient parfois à s'enfuir, lorsque le monstre était parti chasser d'autres enfants. Cependant, il était difficile de s'extraire de la crevasse profonde, il n'y avait qu'un petit sapin où s'accrocher. Mais c'était passionnant et les enfants trouvèrent qu'ils n'avaient jamais joué à un jeu aussi amusant. Assise dans l'herbe, la maîtresse lisait un livre en lançant de temps en temps un coup d'œil sur ses élèves.

— Ma foi, je n'ai jamais vu un monstre aussi sauvage, murmura-t-elle.

C'était bien vrai. Le monstre surgissait en hurlant, s'emparait de trois ou quatre enfants et les ramenait sur son épaule à la tanière. Le monstre grimpait à toute vitesse au sommet d'un arbre, sautait d'une branche à l'autre avec l'agilité d'un singe. Le monstre enfourchait son cheval et chassait les petits au galop, il se baissait, les attrapait au passage et fonçait à sa tanière avec ses proies en criant :

— Je vais vous faire cuire pour mon dîner !

Les enfants s'amusaient tellement qu'ils auraient voulu que le jeu ne s'arrête jamais. Mais, tout à coup, le silence le plus complet se fit. Tommy et Annika se précipitèrent pour voir ce qui s'était passé. Ils trouvèrent le monstre assis sur une grosse pierre, avec quelque chose dans le creux de sa main.

— Regardez, il est mort, dit le monstre.

Un oisillon était mort. Il s'était tué en tombant de son nid.

— Oh, comme c'est triste ! dit Annika. Le monstre acquiesça.

— Mais, Fifi, tu pleures, dit Tommy.

— Pleurer ? Moi ? Je ne pleure jamais !

— Mais tu as les yeux tout rouges, ajouta Tommy.

— Rouges ? dit Fifi en empruntant le miroir de M. Nilsson. Tu appelles ça rouge ? Ah ! Si tu avais été avec mon papa et moi à Djakarta ! Il y avait un type aux yeux tellement rouges que la police lui interdisait de se promener dans la rue.

— Pourquoi ? demanda Tommy.

— Parce que les gens le prenaient pour un feu rouge, tiens ! La circulation était complètement paralysée quand il se trouvait dans le coin. Les yeux rouges ! Moi ? Tu ne vas tout de même pas croire que je pleure pour un stupide petit oiseau comme ça !

— Le monstre est un idiot ! Le monstre est un idiot !

Les enfants accoururent de partout pour voir ce que le monstre fabriquait. Le monstre déposa délicatement le stupide petit oiseau sur un coin de mousse tendre.

— Si je pouvais, je te rendrais la vie, dit-elle en soupirant.

Puis le monstre rugit :

— Je vais vous faire cuire pour mon dîner !

Les enfants se cachèrent dans les buissons.

Une des élèves de la classe, Ulla, habitait tout près du Bois des Monstres. La maman d'Ulla lui avait dit d'inviter à goûter sa maîtresse, ses petits camarades – et Fifi, bien sûr. Après avoir joué longtemps avec le monstre, puis fait un tour en barque sur l'étang, puis vu qui sautait le plus haut d'un rocher, Ulla dit qu'il était temps d'aller goûter chez elle. La maîtresse, qui avait lu son livre d'un bout à l'autre, était bien d'accord. Elle rassembla la classe et ils quittèrent le Bois des Monstres.

Ils croisèrent en chemin un bonhomme qui conduisait une charrette remplie de sacs lourds. Le cheval était vieux et fatigué. Et, malheur, une roue de la charrette glissa dans le fossé. Le charretier, Blomsterlund, se mit dans une colère noire. Il prit son fouet et frappa de grands coups sur le dos du cheval. Ce dernier essaya de toutes ses forces de sortir la charrette du fossé. En vain. Blomsterlund redoubla de colère et redoubla les coups. Voyant la scène, la maîtresse eut pitié du pauvre cheval maltraité.

— Comment pouvez-vous frapper ainsi cette pauvre bête ?

Blomsterlund posa son fouet et cracha avant de répondre :

— Mêlez-vous de ce qui vous regarde ! Sinon, j'pourrais bien être tenté de vous faire goûter du fouet.

Il cracha une nouvelle fois et reprit son fouet. Le pauvre cheval tremblait comme une feuille. Fifi traversa comme un éclair le groupe d'enfants. Elle avait le bout du nez tout blanc. Et quand Fifi avait le bout du nez tout blanc, elle était très, très en colère. Tommy et Annika le savaient bien. Fifi fonça vers Blomsterlund, le saisit par la taille et le projeta en l'air. Quand il retomba, elle recommença. Une, deux, trois, quatre, cinq, six fois. Blomsterlund ne comprenait pas ce qui lui arrivait.

— Au secours ! Au secours ! cria-t-il, terrorisé.

Un bruit sourd ponctua sa chute par terre. Dans la bagarre, il avait perdu son fouet. Fifi se planta devant lui, les mains sur les hanches.

— Tu ne frapperas plus jamais ce cheval, dit-elle d'un ton ferme. Plus jamais ! Tu m'entends ? Au Cap, en Afrique, j'ai rencontré un type qui fouettait son cheval. Ce type avait un uniforme tout neuf et je lui ai dit que s'il recommençait, il ne resterait pas un fil de son uniforme. Une semaine plus tard, il a fouetté son cheval. Dommage, c'était tout de même un bel uniforme.

Blomsterlund était toujours au milieu de la route, pétrifié.

— Où allais-tu avec ce chargement ? demanda Fifi.

Le charretier désigna craintivement une ferme un peu plus loin.

— À la maison.

Fifi détela le cheval qui tremblait encore de fatigue et de peur.

— Allons, mon vieux, on va voir ce qu'on peut faire pour toi !

Fifi souleva le cheval et le porta jusqu'à son écurie. Le cheval était tout aussi surpris que Blomsterlund.

Les enfants et la maîtresse attendaient Fifi, Blomsterlund contemplait son chargement en se grattant la tête. Il ne savait pas comment le transporter chez lui. Fifi revint. Elle souleva un gros sac et le posa sur le dos de Blomsterlund.

— Allez, on va voir si tu es aussi doué pour porter des sacs que tu l'étais à manier le fouet.

Fifi brandit le fouet.

— Normalement, je devrais t'en faire tâter un peu, puisque tu as l'air d'aimer tellement ça. Mais ce fouet m'a l'air un peu déglingué, dit-elle en en brisant un morceau. Je dirais même plus, complètement déglingué, ajouta-t-elle en le cassant en petits bouts.

Blomsterlund se mit en marche avec le sac sur le dos, sans dire un mot. Si, il grognait un peu. Fifi prit la charrette par les brancards et la poussa jusque chez Blomsterlund.

— Voilà, le transport est gratuit, et le baptême de l'air aussi.

Fifi tourna les talons et Blomsterlund resta longtemps à la regarder s'éloigner.

Les enfants accueillirent Fifi par un « Vive Fifi ! » quand elle les rejoignit. La maîtresse était également très contente et elle complimenta Fifi.

— Tu as bien agi. Il faut être bon envers les animaux. Et envers les gens aussi, bien sûr.

Fifi remonta sur son cheval, l'air réjoui.

— On ne pourra pas dire que je n'ai pas été bonne envers Blomsterlund. Tous ces voyages dans les airs, et gratuits par-dessus le marché !

— C'est pour ça que nous sommes là, poursuivit la maîtresse, pour être bons avec les autres.

Fifi s'installa tête en bas sur le dos de son cheval et agita les jambes.

— Ah, ah ! Et les autres, pourquoi sont-ils là ?

Une grande table était dressée dans le jardin d'Ulla. Les enfants eurent l'eau à la bouche en voyant tous ces gâteaux et ils se dépêchèrent de s'asseoir. Fifi s'installa à un bout de la table et commença par engouffrer deux brioches. Avec ses joues bien rondes, elle ressemblait à un angelot.

— Fifi, on ne se sert pas avant d'y être invitée, dit la maîtresse d'un ton réprobateur.

— Ne fous en faites pas pour moi ! répliqua Fifi, la bouche pleine. Che ne chuis pas à cheval chur les bonnes manières.

Juste à ce moment, la maman d'Ulla s'approcha d'elle avec une cruche de jus de fruits et une de chocolat chaud.

— Jus de fruits ou chocolat ? demanda-t-elle.

— Jus de fruits et chocolat. Une boisson différente pour chaque brioche !

Fifi s'empara des deux récipients et en avala de longues gorgées.

— Elle a passé toute sa vie en mer, murmura la maîtresse à la maman d'Ulla qui n'en revenait pas.

— Je comprends, répondit cette dernière qui décida de ne pas faire attention aux mauvaises manières de Fifi.

— Des gâteaux au gingembre ? demanda-t-elle en tendant le plateau à Fifi.

— Oh ! Ils m'ont l'air un peu bizarre mais j'espère qu'ils sont bons quand même ! dit-elle en en prenant une poignée. Puis elle aperçut des petits gâteaux roses à l'autre bout de la table. Elle tira un petit coup sur la queue de M. Nilsson et lui dit :

— Allez, va me chercher un de ces machins roses, là-bas. Et tant que tu y es, prends-en deux ou trois !

M. Nilsson traversa la table, renversant au passage les verres de jus de fruits.

Une fois le goûter terminé, Fifi vint remercier la maman d'Ulla qui lui demanda si elle avait eu assez à manger.

— Non, et j'ai encore soif, dit Fifi en se grattant l'oreille.

— Nous avions bien peu de choses à vous offrir, ajouta la maman d'Ulla.

— Oui, cela aurait pu être mieux, répondit aimablement Fifi.

La maîtresse décida alors d'expliquer à Fifi deux ou trois choses sur la façon de se tenir.

— Écoute, ma petite Fifi, dit-elle gentiment, tu as envie de devenir une dame bien élevée quand tu seras grande ?

— Tu veux dire, une dame avec une voilette sur les yeux et un triple menton ?

— Je veux dire une dame qui sait toujours comment se tenir et qui est toujours polie. Ça ne te tente pas ?

— Je vais y réfléchir. Tu comprends, maîtresse, c'est que j'ai presque décidé de devenir pirate, quand je serai grande.

Fifi réfléchit avant d'ajouter :

— Dis-moi, maîtresse, ne crois-tu pas que l'on puisse devenir *à la fois* un pirate et une Dame Bien Élevée ? Parce que...

Mais la maîtresse ne le croyait guère.

— Oh ! là ! là ! Mais que vais-je choisir ? dit Fifi, très malheureuse.

La maîtresse répondit que, quel que soit le choix de Fifi, cela ne lui ferait pas de mal d'apprendre à bien se tenir. En tout cas, elle ne pouvait plus se conduire comme elle venait de le faire tout à l'heure, lors du goûter.

— Ça m'a l'air rudement difficile d'apprendre

comment bien se tenir, dit Fifi en soupirant. Tu ne pourrais pas m'indiquer les règles principales, dis ?

La maîtresse fit de son mieux. Elle expliqua ceci à une Fifi attentive : On ne se sert pas sans y être invité, on ne prend qu'un seul gâteau à la fois, on ne mange pas avec son couteau, on ne se gratte pas l'oreille quand on parle à quelqu'un, on ne fait pas ci, on ne fait pas ça... Fifi acquiesça.

— Désormais, je vais me lever une heure plus tôt et m'entraîner. Comme ça, je saurai le truc, si je ne deviens pas pirate.

Annika était assise sur la pelouse, tout près de Fifi et de la maîtresse. Perdue dans ses pensées, elle se mit un doigt dans le nez.

— Annika ! cria Fifi. Qu'est-ce qui te prend ? N'oublie pas qu'une dame bien élevée ne se cure le nez que si elle est toute seule !

La maîtresse dit alors qu'il était temps de rentrer et les enfants se mirent en rang. Seule Fifi resta sur la pelouse. Elle avait la tête penchée, comme si elle tendait l'oreille.

— Eh bien, Fifi, qu'y a-t-il ? demanda la maîtresse.

— Dis-moi, mademoiselle, est-ce que l'estomac d'une dame bien élevée a le droit de gargouiller ? demanda Fifi en continuant de tendre l'oreille. Parce que sinon, je crois que je vais décider tout de suite de devenir pirate.

5

Fifi va à la foire

Une fois par an, il y avait une foire dans la toute petite ville. L'approche d'un tel événement excitait toujours beaucoup les enfants. Ce jour-là, on ne reconnaissait plus la petite ville. Les gens se bousculaient partout, les drapeaux flottaient, la place du marché était encombrée par des baraques et des étals où l'on pouvait acheter les choses les plus merveilleuses. Il régnait une agitation telle que le simple fait de déambuler dans les rues était en soi passionnant. Mais le plus intéressant se trouvait à la porte de la ville : un champ de foire avec des manèges, des stands de tir, un théâtre et toutes sortes d'attractions. Et une ménagerie. Une ménagerie comprenant tous les animaux sauvages possibles, des tigres aux serpents géants, des singes aux otaries. On entendait les cris et les rugissements les plus terribles et, si on avait quelques sous, on pouvait entrer les voir de près.

En ce matin de fête, il n'était donc pas étonnant que les rubans dans les cheveux d'Annika aient semblé trembler d'impatience ni que Tommy dévore ses tartines en quelques bouchées. Mme Settergren demanda à ses enfants si cela leur ferait plaisir de l'accompagner à la foire. Mais Tommy et Annika déclarèrent, un peu gênés, que si leur maman n'y voyait pas d'objection, ils préféraient y aller avec Fifi.

— Tu comprends, expliqua Tommy à sa sœur tandis qu'ils traversaient en hâte le jardin de la villa *Drôlederepos,* avec Fifi, je suis sûr qu'on s'amusera davantage.

Annika en était tout aussi convaincue.

Fifi était prête et les attendait au milieu de la cuisine. Elle avait fini par retrouver son chapeau – grand comme une roue de moulin – dans le coffre à bois.

— J'avais complètement oublié que je m'en étais servie pour transporter du bois l'autre jour, dit-elle en l'enfonçant sur sa tête. Ne suis-je pas ravissante ?

Tommy et Annika ne pouvaient guère dire le contraire. Elle s'était fardé les paupières avec du charbon et passé de la craie rouge sur les lèvres et les ongles. Elle portait une robe longue, tellement longue que le décolleté laissait voir sa combinaison rouge dans son dos. Une robe longue, certes, mais l'on apercevait cependant ses grandes chaussures noires qui étaient encore plus belles que d'habitude, Fifi les ayant lacées avec les rubans verts dont elle ne se servait que dans les grandes occasions.

— À mon avis, il faut avoir l'air d'une dame bien élevée quand on va à la foire, dit-elle en avançant avec toute l'élégance que permettaient d'aussi grandes chaussures. Elle releva un pan de sa robe et répéta, à intervalles réguliers, d'une voix très différente de celle qu'on lui connaissait :

— Maaagnifique ! Absolument maaagnifique !

— Qu'y a-t-il de magnifique ? demanda Tommy.

— Moi, voyons, répondit Fifi, très satisfaite d'elle-même.

Pour Tommy et Annika, lorsqu'il y avait la foire, tout était magnifique. C'était magnifique et merveilleux de se déplacer au milieu de la foule, de passer d'un stand à l'autre et de regarder toutes les choses proposées. Pour fêter l'événement, Fifi offrit à Annika un foulard en soie rouge et à Tommy une casquette dont il avait toujours rêvé – mais que sa maman avait toujours refusé de lui acheter. À la baraque suivante, Fifi acheta deux clochettes en verre remplies de dragées roses et blanches.

— Oh, Fifi ! Ce que tu es gentille, dit Annika en serrant sa clochette.

— Oui, et maaagnifique, n'est-ce pas ? répondit-elle en relevant gracieusement le pan de sa robe.

La foule convergeait vers la porte de la ville, Fifi, Tommy et Annika y compris.

— Quelle agitation ! Quel bruit ! s'exclama Tommy dans le vacarme des orgues de Barbarie, des manèges, des rires et des cris. Le stand de tir à l'arc battait son plein, celui où l'on cassait de la vaisselle également. Les gens se bousculaient aux stands de tir pour montrer leur adresse.

— J'ai bien envie de voir ça de plus près, dit Fifi en entraînant Tommy et Annika. Pour l'instant, il n'y avait personne et la dame qui tenait le stand de tir était de fort mauvaise humeur. Trois enfants ne représentaient pas des clients sérieux et elle ne fit pas attention à eux. Fifi regarda attentivement les cibles. Elles étaient constituées de bonshommes en papier bleu, avec une tête toute ronde et un gros nez rouge au milieu. C'était ce nez qu'il fallait atteindre. Si on le ratait, il fallait au moins tirer à proximité car les coups placés hors du visage comptaient pour nuls.

La présence des enfants irrita la dame. Elle voulait des clients.

— Vous allez rester plantés là longtemps ? demanda-t-elle, en colère.

— Nous observons ce qui se passe en mangeant des noix, répondit Fifi.

— Il n'y a rien à voir ! Qu'est-ce que vous attendez ? Des gens qui viennent tirer ?

— Non. Nous attendons que tu te mettes à faire des sauts périlleux.

Un client se présenta enfin. Un monsieur distingué, avec une chaîne en or qui lui barrait le ventre. Il prit une carabine et la soupesa.

— Je vais tirer quelques balles, juste pour montrer comment on s'y prend.

71

Il regarda autour de lui pour voir s'il disposait d'un public. Mais il n'y avait que Fifi, Tommy et Annika.

— Regardez bien, les enfants, vous allez voir ce qu'est un tireur d'élite !

Il épaula. Premier coup : à côté. Deuxième : à côté. Troisième et quatrième : à côté. Le cinquième atteignit le bonhomme dans le bas du menton.

— Cette carabine ne vaut rien ! dit le gentleman en reposant l'arme avec dégoût. Fifi la prit et la chargea.

— Oh ! Monsieur est vraiment un as. La prochaine fois, je ferai exactement comme monsieur nous a montré. Et surtout pas comme ça !

Pan, pan, pan, pan, pan ! Cinq coups dans le mille. Fifi donna une pièce d'or à la dame et s'en alla.

Le manège était si splendide que Tommy et Annika en eurent le souffle coupé. Les chevaux de bois, marron et blancs, possédaient une vraie crinière, une selle et des rênes, ils avaient presque l'air vivants. On pouvait choisir celui que l'on voulait. Fifi acheta pour une pièce d'or de tickets. Elle en obtint tellement qu'ils tenaient à peine dans son grand porte-monnaie.

— Si j'avais donné une pièce de plus, je me serais retrouvée avec le distributeur de billets en prime !

Tommy choisit un cheval noir, Annika un blanc. Fifi installa M. Nilsson sur un cheval noir à l'air sauvage. M. Nilsson se mit immédiatement à chercher des puces dans la crinière.

— M. Nilsson va faire un tour de manège lui aussi ! s'exclama Annika, stupéfaite.

— Bien sûr ! Si j'y avais pensé, j'aurais aussi emmené mon cheval. Il aurait bien mérité un peu de distraction. Et puis, un cheval qui monterait un cheval, ça ferait sensation dans le monde de l'équitation.

Fifi s'installa sur la selle d'un cheval brun et, la seconde suivante, le manège se mit en marche, accompagné par la musique de l'orgue.

Tommy et Annika adoraient faire des tours de manège. Fifi, tête en bas sur son cheval, semblait apprécier tout autant. Sa robe longue lui tombait sur le cou. Les gens ne voyaient qu'une combinaison rouge, un caleçon vert, les longues jambes de Fifi recouvertes par un bas marron et un autre noir, et ses grandes chaussures noires qui battaient l'air.

— Voilà ce que donne une dame bien élevée sur un manège, dit Fifi à la fin du premier tour.

Les enfants passèrent une heure sur le manège mais, pour finir, Fifi avait la tête qui lui tournait et dit qu'elle voyait trois manèges au lieu d'un seul.

— Je ne sais plus lequel choisir. Allez, on passe à autre chose.

Il lui restait un tas de tickets. Elle les donna aux petits enfants qui ne pouvaient pas monter sur le manège car ils n'avaient pas d'argent.

Un monsieur s'époumonait devant une tente :

— Le spectacle commence dans cinq minutes ! Ne manquez pas ce drame unique ! *Le meurtre de la comtesse Aurora* ou *Qui donc se faufile dans les buissons ?*

— S'il y a quelqu'un qui se faufile dans les buissons, il faut immédiatement tirer ça au clair ! dit Fifi. On rentre voir ça tout de suite !

Fifi s'approcha du guichet.

— Est-ce que je peux rentrer à moitié prix si je promets de ne regarder que d'un œil ? demanda-t-elle dans un soudain accès d'économie.

Mais la vendeuse ne voulut pas en entendre parler.

— Je ne vois pas le moindre buisson, et je ne vois pas plus quelqu'un s'y faufiler, dit-elle, fâchée, lorsqu'elle arriva au premier rang avec Tommy et Annika.

— Ça n'a pas encore commencé, expliqua Tommy.

Au même instant, le rideau se leva et l'on vit la comtesse Aurora arpenter la scène, se tordant les mains, l'air très malheureux. Fifi l'observa avec intérêt.

— Ou bien elle a de la peine, ou bien elle a une épingle qui la pique quelque part, confia-t-elle à ses amis.

La comtesse Aurora avait vraiment de la peine. Levant les yeux au ciel, elle déclamait d'une voix désespérée :

— Y a-t-il une femme aussi malheureuse que moi ? On m'a enlevé mes enfants, mon mari a disparu et je suis entourée d'escrocs et de voleurs qui veulent ma mort !

— Mais c'est abominable ! dit Fifi dont les yeux rougirent.

— Ah ! Je voudrais déjà être morte ! reprit la comtesse.

Fifi éclata en larmes.

75

— Ne dites pas une chose pareille. Ça va s'arranger. Je suis sûre que vos enfants vont revenir et que vous retrouverez un mari. Il y a plein d'ho-ho-hommes dans ce mon-monde, dit-elle entre les sanglots et les hoquets.

Le directeur du théâtre – le même monsieur qui hurlait à l'entrée de la tente – s'approcha de Fifi et lui dit que, si elle n'arrêtait pas immédiatement, elle devrait quitter le théâtre.

— Je vais essayer, répondit Fifi en s'essuyant les yeux.

C'était une pièce passionnante. Tommy tordait sa casquette en tous sens sous l'effet de la nervosité, Annika serrait les poings. Fifi ne quittait pas la comtesse Aurora de ses yeux humides. Les choses allaient de pire en pire pour la malheureuse comtesse. Elle passa dans le jardin du château, sans se douter de rien. Un cri résonna : c'était Fifi. Elle avait aperçu un individu louche caché derrière un arbre. La comtesse avait également entendu un bruissement, elle dit d'une voix apeurée :

— Qui donc se faufile dans les buissons ?

— Je peux vous le dire, moi ! intervint Fifi. C'est un drôle de bonhomme avec des moustaches noires. Foncez vous cacher dans la remise à bois et fermez les verrous !

Le directeur dit à Fifi de quitter la salle sur-le-champ.

— Et laisser la comtesse seule avec ce bandit ? On voit bien que tu ne me connais pas !

Sur la scène, la pièce continuait. Soudain, l'individu jaillit de sa cachette et se précipita sur la comtesse Aurora.

— Ah ! Ta dernière heure est venue, susurra-t-il.

— C'est ce qu'on va voir ! s'exclama Fifi en sautant sur la scène. Elle s'empara du bandit et le balança dans la salle. Elle pleurait encore.

— Comment pouvez-vous faire une chose pareille ? Qu'avez-vous donc contre cette pauvre comtesse ? Ses enfants ont été enlevés et son mari a disparu. Elle est toute seu-eu-eu-eu-le au mon-on-on-de !

Fifi s'approcha de la comtesse qui s'était effondrée sur une chaise de jardin.

— Vous pourrez venir habiter avec moi à la villa *Drôlederepos*, dit-elle pour la consoler.

Fifi quitta le théâtre en pleurant à chaudes larmes, suivie de près par Tommy et Annika.... et par le directeur qui agitait le poing. Mais les spectateurs applaudirent, trouvant la pièce très réussie.

Une fois dehors, Fifi se moucha dans sa robe et dit :

— C'est pas tout ça, il faut se remonter le moral. C'était vraiment trop triste.

— La ménagerie, dit Tommy. Nous ne sommes pas allés à la ménagerie.

Sur le chemin de la ménagerie, ils s'arrêtèrent à un stand où Fifi acheta six sandwiches et trois bouteilles de limonade.

— Pleurer me donne toujours une faim de loup, expliqua Fifi.

Il y avait une foule de choses intéressantes à voir dans la ménagerie. Un éléphant, deux tigres dans une cage, des otaries qui jouaient au ballon, des singes, une hyène et deux serpents géants. Fifi conduisit tout de suite M. Nilsson à la cage des singes pour qu'il dise bonjour à sa famille. Il y avait un vieux chimpanzé tout triste.

— Allez, monsieur Nilsson, dis bonjour ! Je crois que c'est le petit cousin par alliance de la tante maternelle du neveu de ton grand-père.

M. Nilsson souleva son canotier et salua du mieux possible. Mais le chimpanzé ne se donna même pas la peine de lui répondre.

Les deux serpents géants se trouvaient dans une grande caisse. Une fois par heure, ils en étaient tirés par la belle charmeuse de serpents, Mlle Paula, qui les montrait sur une estrade. Les enfants avaient de la chance, le spectacle allait commencer. Annika avait terriblement peur des serpents et elle tenait fermement Fifi par la manche. Mlle Paula sortit un des serpents, une énorme chose horrible et repoussante et l'enroula autour de son cou, comme une écharpe.

— À mon avis, c'est un boa constrictor, chuchota Fifi. Je me demande de quelle espèce est l'autre.

Fifi s'approcha de la caisse et souleva le deuxième serpent. Il était encore plus gros et affreux. Fifi le passa autour de son cou, exactement comme Mlle Paula venait de le faire. Dans la ménagerie, les gens poussèrent des cris de frayeur. Mlle Paula remit son serpent dans la caisse et se précipita pour sauver Fifi d'une mort certaine. L'agitation et le bruit dérangèrent le serpent que tenait Fifi. Il ne comprenait pas pourquoi il se trouvait autour du cou d'une petite fille rousse au lieu de celui de Mlle Paula, auquel il était habitué. Il décida d'administrer une correction à la rouquine. Il la serra avec une prise qui aurait pu étouffer un bœuf.

— Ce n'est pas la peine de jouer à ça avec moi. J'ai vu des serpents plus gros que toi en Indochine !

Fifi se dégagea de l'étreinte du serpent et le remit dans sa caisse. Tommy et Annika étaient tout pâles.

— C'était aussi un boa constrictor, dit Fifi en remontant un bas qui avait glissé. Exactement ce que je pensais !

Mlle Paula gronda longtemps dans une langue étrangère. Cependant, les spectateurs poussèrent un soupir de soulagement. Mais ils avaient crié victoire trop vite. Décidément, il devait s'en passer des choses, ce jour-là. Après coup, personne ne fut en mesure d'expliquer comment cela était arrivé. On venait de nourrir les tigres avec de gros quartiers de viande rouge. Le dompteur jura qu'il avait bien refermé la porte. Mais, soudain, l'on entendit ce cri terrifiant :

— Un tigre s'est échappé !

La bête à rayures jaunes était là, devant la ménagerie, prête à bondir. Les gens s'enfuirent dans toutes les directions. Mais une petite fille était bloquée dans un coin, juste à côté du tigre.

— Ne bouge surtout pas ! crièrent des gens, espérant que le tigre la laisserait en paix s'il ne la remarquait pas.

« Seigneur ! Que faire ? » se demandaient certains, paniqués.

— Allez chercher la police ! cria quelqu'un.

— Appelez les pompiers ! s'exclama un autre.

— Faites venir Fifi Brindacier ! dit Fifi en s'avançant. Elle s'accroupit à deux mètres du tigre et l'appela :

— Minou, minou, minou !

Le tigre poussa un terrible rugissement et montra ses dents terrifiantes. Fifi l'avertit en agitant le doigt :

— Je te préviens : si tu me mords, je te mords.

Et le tigre bondit sur elle.

— Eh bien ? Tu ne comprends pas la plaisanterie ? dit Fifi en envoyant le tigre rouler dans un coin.

Avec un autre rugissement, le tigre se précipita sur Fifi pour la seconde fois. Pas de doute, il avait l'intention de briser le cou de Fifi.

— Comme tu voudras, mais tu l'auras cherché !

D'une main, elle lui referma les mâchoires. Puis elle le porta tendrement dans ses bras jusqu'à sa cage en lui chantant une berceuse de son invention : « Frère tigre, frère tigre, dormez-vous ? Dormez-vous ?

Les gens poussèrent un soupir de soulagement pour la deuxième fois. La petite fille qui n'avait pas bougé de son coin se précipita vers sa maman et dit qu'elle ne voulait plus jamais revenir dans une ménagerie.

Le tigre avait déchiré tout le bas de la robe de Fifi. Fifi constata les dégâts et demanda :

— Quelqu'un aurait-il une paire de ciseaux ?

Mlle Paula en avait, elle n'était plus du tout en colère contre Fifi.

— Tu es une petite fille courageuse, dit-elle en lui tendant les ciseaux. Et Fifi raccourcit sa robe longue bien au-dessus des genoux.

— Voilà, voilà, dit-elle, satisfaite. Avec une robe aussi décolletée et aussi courte, je suis deux fois plus élégante.

Et Fifi s'éloigna à petits pas, avec autant d'élégance que le permet une robe longue aussi courte.

— Maaagnifique, dit-elle en s'éloignant.

On aurait pu penser que, désormais, le calme

régnerait à la foire. Mais les jours de foire ne sont jamais entièrement calmes et les gens avaient encore crié victoire trop vite.

Dans la petite ville, il y avait un voyou, un voyou très costaud. Tous les enfants avaient peur de lui. Et pas seulement les enfants, d'ailleurs. Tout le monde le craignait. Même le policier changeait de trottoir lorsque Butor, le voyou, était sur le sentier de la guerre. Il n'était pas toujours méchant, seulement lorsqu'il avait trop bu. Et, en ce jour de foire, il avait bu beaucoup trop de bière. Il descendit la Grand-Rue en criant et en agitant ses gros bras.

— Écartez-vous d'mon chemin ! C'est moi, Butor, qui arrive !

Les gens se plaquèrent contre les maisons et beaucoup d'enfants se mirent à pleurer, apeurés. Et le policier se garda bien d'intervenir. Butor arriva à la porte de la ville. Il était vraiment très laid, avec ses longs cheveux noirs qui lui tombaient sur le front, son gros nez rougeaud et une dent jaunie qui dépassait de sa bouche. En l'apercevant, les gens le trouvèrent encore plus terrible que le tigre.

Un vieux monsieur tenait un stand de saucisses.

Butor s'approcha, tapa du poing sur le comptoir et cria :

— Donne-moi une saucisse ! Et que ça saute !

Le vieux monsieur lui tendit immédiatement une saucisse.

— Ça fera deux francs, dit-il poliment.

— Comment ? Tu veux que je te paye ? Alors que tu as la chance de servir un client aussi chic que moi ? Tu devrais avoir honte, vieux débris ! Allez, j'veux une autre saucisse ! Et plus vite que ça !

Le vieux monsieur répondit que Butor devait d'abord payer la première. Le voyou se saisit alors du vieux monsieur et lui tira l'oreille.

— J'ai demandé une saucisse ! Et j'la veux tout de suite !

Le vieux monsieur n'osa pas désobéir à Butor. Mais les gens ne purent s'empêcher de montrer leur réprobation. Quelqu'un eut même le courage de dire :

— C'est une honte de traiter de la sorte un vieux monsieur !

Butor se retourna. Il regarda les gens avec des yeux injectés de sang :

— Y a quelqu'un qu'est pas content ?

Les gens prirent peur et cherchèrent à s'éclipser.

— Bougez pas ! hurla Butor. Le premier qui bouge, j'lui fracasse le crâne ! Bougez pas, j'ai dit ! J'vais vous faire un p'tit numéro de cirque !

Le voyou prit une poignée de saucisses et se mit à jongler avec. Il lança les saucisses en l'air, en rattrapa certaines dans sa bouche, d'autres avec les mains, mais il en laissa tomber beaucoup par terre. Le pauvre marchand de saucisses en pleura presque. Une petite fille sortit de l'assistance.

Fifi se planta juste devant Butor.

— Tiens, tiens... Et qui est ce petit garçon ? demanda-t-elle calmement. Et que va dire sa maman quand elle verra qu'il a jeté son déjeuner par terre ?

Butor poussa un hurlement terrible.

— J'ai dit de pas bouger !

— Hé, tu pousses toujours le volume à fond ?

Butor agita un poing menaçant et cria :

— Dis donc, sale môme, tu veux que j'te réduise en purée ?

Fifi, les mains sur les hanches, contemplait le voyou d'un air intéressé.

85

— Qu'as-tu fait avec les saucisses, déjà ?
C'était pas comme ça ?...

Et Fifi lança Butor en l'air et se mit à jongler avec lui. Les gens s'esclaffèrent ; le marchand de saucisses applaudit de ses petites mains ridées.

Lorsque Fifi eut terminé, c'était un Butor très apeuré qui traînait par terre en lançant autour de lui des coups d'œil ahuris.

— Allez, je crois que c'est l'heure de rentrer chez toi, dit Fifi.

Butor n'avait rien à objecter.

— Mais avant, je crois que tu dois payer un certain nombre de saucisses.

Butor paya ses dix-huit saucisses et partit sans demander son reste. Depuis ce jour, il ne fut plus jamais aussi brutal ou malpoli.

— Vive Fifi ! cria la foule.

— Un triple hourra pour Fifi ! s'exclamèrent Tommy et Annika.

— Nous n'avons plus besoin de la police tant que nous aurons Fifi Brindacier, dit quelqu'un.

— Ça c'est vrai, renchérit quelqu'un d'autre, elle remet à leur place les tigres et les voyous.

— Mais bien sûr qu'il y a besoin d'un policier, objecta Fifi. Il faut bien que quelqu'un contrôle que les vélos sont tous garés comme il le faut.

— Oh, Fifi, tu es merveilleuse ! dit Annika quand les enfants quittèrent la foire.

— Oui, n'est-ce pas ? Maaagnifique, répondit Fifi en relevant sa robe qui s'arrêtait à mi-cuisses. Absolument maaagnifique.

6

Fifi fait naufrage

Chaque jour, à peine l'école finie, Tommy et Annika se précipitaient à la villa *Drôlederepos*. Ils refusaient de faire leurs devoirs chez eux et emmenaient leurs livres de classe chez Fifi.

— C'est bien, disait Fifi, travaillez donc ici, comme ça, un peu de votre savoir rejaillira sur moi. Non pas que je trouve en avoir vraiment besoin, mais peut-être ne devient-on pas une dame bien élevée sans savoir combien il y a d'Hottentots en Australie.

Tommy et Annika étaient assis à la table de la

cuisine et étudiaient leur manuel de géographie. Fifi était assise sur la table de la cuisine.

— Quoique..., objecta Fifi en se mettant un doigt dans le nez, si j'apprends en cet instant précis combien il y a d'Hottentots et que l'un d'eux meure d'une pneumonie, j'aurai appris ce chiffre pour rien. Ça ne fera pas de moi une dame bien élevée.

Fifi réfléchit.

— Quelqu'un devrait dire aux Hottentots de faire attention pour qu'il n'y ait pas d'erreurs dans vos manuels.

Lorsque Tommy et Annika avaient terminé leurs devoirs, ils pouvaient enfin s'amuser. S'il faisait beau, ils passaient au jardin, faisaient un peu de cheval, montaient sur le toit de la remise et y prenaient le café, ou ils grimpaient dans le vieux chêne qui était creux – et se cachaient à l'intérieur du tronc. Fifi affirmait que c'était un arbre tout à fait extraordinaire : il y poussait de la limonade. Et c'était vrai : chaque fois que les enfants descendaient dans la cachette, ils y trouvaient trois bouteilles de limonade. Tommy et Annika ne comprenaient pas où et comment les bouteilles disparaissaient après coup, mais Fifi leur assurait qu'elles se désintégraient dès qu'on les avait bues. Oui, c'était bien un arbre très extraordinaire. Parfois, il y poussait même des gâteaux au chocolat, mais Fifi avait expliqué que c'était seulement le jeudi. Et Tommy et Annika veillaient à chercher leurs gâteaux au chocolat chaque jeudi. Fifi disait que, si l'on arrosait bien l'arbre de temps en temps, il y pousserait des brioches et même des steaks.

S'il pleuvait, les enfants restaient à l'intérieur – et ils ne s'ennuyaient pas pour autant. Ils regardaient les belles choses cachées dans les tiroirs du secrétaire, ou observaient Fifi devant sa cuisinière préparant des gaufres ou des pommes au caramel. Tommy et Annika pouvaient aussi grimper sur le coffre à bois et écouter Fifi raconter ses aventures du temps où elle parcourait les océans.

— Je me souviens d'une tempête terrible. Même les poissons avaient le mal de mer et voulaient aller à terre. J'ai vu de mes propres yeux un requin qui avait la nausée et une pieuvre qui se tenait la tête avec tous ses bras. Oh, oui, quelle tempête !

— Tu n'avais pas peur, Fifi ? demanda Annika.

— Oui, et si tu avais fait naufrage ? dit Tommy.

— Bah, j'ai fait plus ou moins naufrage tellement de fois que je n'avais pas peur. Non, je n'ai pas eu peur quand j'ai vu les raisins secs se détacher du cake, non, je n'ai pas eu peur quand le dentier est tombé de la bouche du cuistot. Mais quand j'ai vu la fourrure du chat s'envoler sous l'effet du vent, oui, là, je ne me suis pas sentie tout à fait à l'aise.

— J'ai un livre sur une histoire de naufrage, dit Tommy. Il s'intitule *Robinson Crusoé*.

— Oh, oui, il est formidable, dit Annika. Robinson s'est retrouvé sur une île déserte.

— Et toi, Fifi, tu as fait naufrage sur une île déserte ? demanda Tommy.

— Je veux ! Pour trouver quelqu'un qui ait fait autant de fois naufrage que moi, il faudrait se lever de bonne heure ! Ce Robinson n'est qu'un amateur comparé à moi. Je crois qu'il n'y a qu'une dizaine d'îles dans l'Atlantique et dans le Pacifique où je n'ai pas fait naufrage. D'ailleurs, elles sont indiquées sur une liste noire dans les guides touristiques.

— C'est sûrement formidable de se retrouver sur une île déserte, dit Tommy. J'adorerais ça.

— On peut facilement arranger ça. Les îles désertes, c'est pas ce qui manque, répliqua Fifi.

— Ouais, j'en connais une pas loin d'ici, précisa Tommy.

— Elle se trouve sur un lac ? demanda Fifi.

— Bien sûr.

— Parfait. Parce que si elle s'était trouvée sur la terre ferme, ça n'aurait pas marché.

Tommy était ravi.

— On y va, cria-t-il. On y va tout de suite.

Les grandes vacances commençaient deux jours plus tard. En outre, les parents de Tommy et Annika devaient partir. Impossible de trouver de meilleures conditions pour jouer à Robinson Crusoé.

— Mais si on doit faire naufrage, précisa Fifi, il faut d'abord s'assurer d'avoir un bateau.

— Et nous n'en avons pas, rétorqua Annika.

— J'ai vu une vieille barque au fond de la rivière, dit Fifi.

— Mais elle a déjà fait naufrage, objecta Annika.

— Encore mieux. Comme ça, elle sait comment s'y prendre.

Fifi renfloua la barque en un tournemain. Puis elle passa une journée entière sur la rive à la calfater avec du goudron et de l'étoupe. Un après-midi pluvieux, elle s'enferma dans la réserve de bois et tailla deux rames à coups de hache.

Tommy et Annika se retrouvèrent en vacances et leurs parents partirent en voyage.

— Nous rentrons dans deux jours, dit Mme Settergren. Soyez bien sages et faites bien tout ce qu'Elsa vous dit.

Elsa était la bonne de la maison qui devait s'occuper de Tommy et d'Annika en l'absence de leurs parents. Lorsque les enfants se retrouvèrent seuls avec Elsa, Tommy lui dit :

— Elsa, tu n'as pas besoin de t'occuper de nous, nous serons tout le temps chez Fifi.

— Et puis, nous pouvons très bien veiller sur nous-mêmes, dit Annika. Fifi n'a jamais personne pour s'occuper d'elle. Dans ce cas, pourquoi ne serions-nous pas seuls pendant deux jours ?

Elsa n'avait absolument rien contre deux jours de congé et, après que Tommy et Annika l'eurent suppliée assez longtemps, Elsa répondit qu'elle pouvait en profiter pour aller dire bonjour à sa maman. Mais les enfants devaient promettre de bien se nourrir, de se coucher à l'heure et de ne pas sortir le soir sans un pull. Tommy répondit qu'il en enfilerait volontiers une douzaine, pourvu qu'Elsa les laisse seuls.

Elsa partit et, deux heures plus tard, Fifi, Tommy, Annika, le cheval et M. Nilsson se mirent en route vers l'île déserte.

C'était une douce soirée du début d'été, l'air était chaud, même si le ciel était couvert. Ils avaient du chemin à parcourir avant d'atteindre le lac où se trouvait l'île. Fifi portait sur sa tête le bateau retourné. Le cheval portait sur son dos un sac énorme et une tente.

— Qu'y a-t-il dans le sac ? demanda Tommy.

— Des vivres, des armes, des couvertures et une bouteille vide, répondit Fifi. J'ai pensé qu'il nous fallait un naufrage assez confortable, étant donné que c'est votre premier. Moi, quand je fais naufrage, j'ai l'habitude d'abattre une antilope ou deux, ou un lama, et de le manger cru. Mais je me suis dit qu'il n'y avait sûrement pas d'antilopes ou de lamas sur cette île, et ce serait bête de mourir de faim à cause d'un détail de ce genre.

— Que vas-tu faire de la bouteille vide ? demanda Annika.

— La bouteille vide ? Mais quelle question stupide ! Bien sûr, dans un naufrage, le bateau est le principal mais ensuite, c'est une bouteille vide ! Mon papa m'a appris ça quand j'étais encore au berceau : « Ma petite Fifi, ce n'est pas grave si tu oublies de te laver les pieds quand tu seras présentée à la Cour, mais si tu oublies la bouteille vide quand tu feras naufrage, alors là, ça n'ira pas du tout. »

— Oui, mais elle sert à quoi ? insista Annika.

— Tu n'as jamais entendu parler de la poste des naufragés ? On écrit un message de détresse sur un bout de papier que l'on glisse dans la bouteille, on la referme avec le bouchon, on jette la bouteille à la mer et elle vogue directement vers quelqu'un qui vient te sauver. Comment crois-tu que l'on survive aux naufrages ? En laissant tout au hasard ? Certainement pas !

— Ah bon ? C'est comme ça ?

Ils arrivèrent au petit lac, au milieu duquel se trouvait l'île déserte. Le soleil perça entre les nuages à ce moment précis et éclaira de ses doux rayons le paysage verdoyant.

— Sapristi ! C'est bien l'une des plus belles îles désertes que j'aie jamais vues, dit Fifi.

Elle mit rapidement la barque à l'eau, ôta le sac du dos du cheval et le déposa au fond de l'embarcation. Annika, Tommy et M. Nilsson montèrent à bord. Fifi caressa son cheval.

— Oui, mon grand, même si j'en ai envie, je ne peux pas te laisser monter à bord. J'espère que tu sais nager. C'est simple : tu fais comme ça...

Et Fifi se jeta à l'eau tout habillée et fit quelques brasses.

— Crois-moi, c'est vachement marrant. Et si tu veux rigoler encore plus, tu n'as qu'à jouer à la baleine. Regarde-moi !

Fifi se remplit la bouche d'eau, se mit sur le dos et recracha un petit jet. Le cheval ne donna pas l'impression de trouver cela très amusant mais quand Fifi monta dans la barque et se mit à ramer, le cheval se jeta à l'eau et nagea derrière eux. Cependant, il ne joua pas à la baleine. Lorsqu'ils furent presque arrivés à l'île, Fifi cria :

— Tous les hommes aux pompes !

Puis, la seconde suivante :

— Trop tard ! Abandonnez le navire ! Sauve qui peut !

Fifi s'avança sur la proue de la barque et plongea tête la première. Elle refit vite surface, saisit l'amarre et nagea vers l'île.

— Je dois tout de même sauver le sac de bouffe, alors l'équipage peut tout aussi bien rester à bord.

Elle amarra le bateau à une pierre et aida Tommy et Annika à descendre à terre. M. Nilsson se débrouilla tout seul.

— C'est un miracle ! s'écria Fifi. Nous sommes sauvés – pour l'instant, tout au moins. À condition qu'il n'y ait pas d'Indigènes ni de lions.

Le cheval gagna l'île lui aussi et s'ébroua.

— Oh, regardez ! Le premier-maître s'en est sorti également, dit Fifi, avec satisfaction. Bon, c'est le moment de tenir un conseil de guerre !

Elle sortit du sac son pistolet – qu'elle avait trouvé dans un coffre, dans le grenier de la villa *Drôlederepos*. Après avoir armé le pistolet, elle s'avança avec précaution en regardant dans tous les coins.

— Qu'y a-t-il ? demanda Annika, inquiète.

— J'ai cru entendre les grognements d'un Indigène. On n'est jamais trop prudent. Ça serait le comble de survivre à un naufrage pour être servi avec des légumes pour le dîner d'un Indigène !

Mais il n'y avait pas d'Indigènes à l'horizon.

— Ha, ha ! Ils se sont cachés en embuscade. Ou bien ils sont en train d'étudier les livres de recettes pour savoir à quelle sauce ils vont nous manger. Mais je vous le dis tout de suite, s'ils me servent avec des carottes bouillies, je ne leur pardonnerai jamais. Je déteste les carottes.

— Oh, Fifi, ne dis pas une chose pareille, dit Annika en frissonnant.

— Pourquoi ? Tu n'aimes pas les carottes, toi non plus ? Bon, de toute façon, il faut monter la tente.

Fifi s'en chargea. La tente fut rapidement installée dans un endroit abrité et Tommy et Annika s'y faufilèrent. Ils étaient absolument ravis. Tout près de là, Fifi fit un cercle de quelques pierres dans lequel elle déposa des brindilles et des branchages.

— Oh ! C'est merveilleux d'avoir un feu ! s'exclama Annika.

— Oui, plutôt ! répondit Fifi. Elle prit deux morceaux de bois et les frotta l'un contre l'autre sous le regard intéressé de Tommy.

— Oh, Fifi, tu fais un feu comme les sauvages ?

— Non, j'ai les doigts gelés, et c'est tout aussi efficace que de taper dans ses mains. Voyons voir... Où ai-je mis les allumettes ?

Un beau feu crépita peu après et Tommy dit qu'il trouvait ça aussi agréable qu'à la maison.

— Oui, et en plus, ça tient les bêtes sauvages à distance, dit Fifi.

Annika sursauta.

— Quelles bêtes sauvages ? demanda-t-elle avec des tremblements dans la voix.

— Les moustiques, dit Fifi en grattant une grosse piqûre de moustique sur sa jambe.

Annika poussa un soupir de soulagement.

— Et les lions, bien sûr. Par contre, ça n'a aucun effet sur les pythons et les bisons.

Fifi agita son pistolet.

— Mais ne t'inquiète pas, Annika. Avec ça, je me débrouillerai très bien, même si c'est seulement un rat des champs qui nous attaque.

Fifi sortit ensuite du café et des sandwiches que les enfants mangèrent tranquillement autour du feu. M. Nilsson était perché sur l'épaule de Fifi et mangeait également, le cheval pointa le bout de ses naseaux pour mendier quelques morceaux de pain et de sucre. Et puis, l'endroit regorgeait d'une belle herbe verte, délicieuse à brouter.

Le ciel se couvrit et il fit noir entre les buissons. Annika se serra tout contre Fifi. Les flammes projetaient des ombres inquiétantes et il se passait sûrement des choses sinistres autour du petit cercle éclairé par le feu. Annika tressaillit. Et si un Indigène se cachait derrière ce genévrier ? Et si un lion se tenait en embuscade derrière ce gros rocher ?

Fifi posa sa tasse de café.

— *Quinze matelots autour d'la malle d'un* [homme,
Hé ho, hé ho, et une bouteille de rhum ! chanta-t-elle à tue-tête. Annika trembla encore plus.

— Cette chanson se trouve dans un autre de mes livres, dit Tommy, tout excité. Dans un livre de pirates !

— Bien sûr ! C'est Fridolf qui a
et c'est lui qui me l'a apprise. Ah ! C
fois ne me suis-je pas retrouvée sur la d
bateau de mon papa, par une belle nuit
avec la Croix du Sud au-dessus de ma tê
Fridolf qui chantait à côté de moi :

« *Quinze matelots autour d'la malle d'u*
[*homme,*
Hé ho, hé ho, et une bouteille de rhum ! »
reprit-elle encore plus fort.

— Fifi, c'est formidable quand tu chantes
comme ça, dit Tommy. Ça fait peur et c'est
magnifique en même temps.

— Moi, ça me fait surtout peur, dit Annika,
d'une petite voix.

— Quand je serai grand, j'écumerai les océans,
dit Tommy d'une voix ferme. Je serai pirate,
comme toi, Fifi.

— Formidable ! Toi et moi, Tommy, on sera
les Terreurs des Caraïbes. On va s'emparer d'or,
de bijoux et de pierres précieuses. On aura une
cachette pour notre trésor dans le Pacifique, tout
au fond d'une grotte d'une île déserte avec trois
squelettes pour en garder l'entrée. On aura un
drapeau noir avec une tête de mort et deux tibias
en dessous et on chantera *Quinze matelots* si fort

103

s'entendra d'une rive à l'autre de l'Atlan-
. Et tous les marins trembleront de peur
nd ils nous entendront. Je suis sûre qu'ils pré-
eront se jeter à la mer plutôt que de subir notre
engeance terrible !

— Et moi alors ? se plaignit Annika. J'ai peur
de devenir un pirate. Qu'est-ce que je vais faire ?

— Bah ! Tu peux toujours venir avec nous
pour essuyer la poussière du piano.

Le feu s'éteignit doucement.

— Allez, c'est l'heure de faire dodo ! dit Fifi.
Elle avait déposé des branches sur le sol à
l'intérieur de la tente et des couvertures par-
dessus.

— Tu veux dormir avec nous dans la tente,
serrés comme dans une boîte de sardines ?
demanda-t-elle au cheval. Ou préfères-tu rester
sous un arbre avec une couverture sur le dos ?
Comment ? Que dis-tu ? Ah, tu es toujours
malade dans les tentes ? Comme tu voudras, dit
Fifi en le tapotant gentiment.

Peu après, les enfants et M. Nilsson étaient
enroulés dans les couvertures. Les vagues clapo-
taient contre la rive.

— Écoutez les rugissements de l'océan, dit
Fifi, rêveuse.

Il faisait noir comme dans un four et Annika tenait Fifi par la main – tout semblait moins dangereux ainsi. Il se mit à pleuvoir. Les gouttes martelèrent la tente mais, à l'intérieur, il faisait chaud et sec, et le claquement des gouttes sur la toile était fort agréable. Fifi alla ajouter une couverture sur le dos du cheval. Un grand sapin l'abritait et il ne souffrait pas trop.

— N'est-ce pas formidable ? soupira Tommy au retour de Fifi.

— Bien sûr. Et regardez ce que j'ai trouvé sous une pierre ! Trois barres de chocolat !

Trois minutes plus tard, Annika dormait, la bouche encore pleine de chocolat et serrant toujours la main de Fifi.

— Oh ! Nous avons oublié de nous brosser les dents, dit Tommy en s'endormant.

Lorsque Tommy et Annika se réveillèrent, Fifi avait disparu. Ils se précipitèrent hors de la tente. Le soleil brillait, un nouveau feu crépitait. Fifi préparait le café et faisait cuire du bacon.

— Tous mes vœux et joyeuses Pâques ! s'écria-t-elle en apercevant Tommy et Annika.

— Mais ce n'est pas encore Pâques, dit Tommy.

— Eh bien, gardez mes vœux pour l'année prochaine !

Le fumet du bacon et du café parvint au nez des enfants. Ils s'assirent en tailleur autour du feu et Fifi leur servit du bacon, des œufs et des pommes de terre. Pour finir, ils eurent du café et des gâteaux au gingembre. Ils n'avaient jamais eu un petit déjeuner aussi délicieux.

— Je crois que nous sommes mieux lotis que Robinson Crusoé, dit Tommy.

— Oui, et si nous réussissons à avoir du poisson frais au dîner, je crois que le Robinson, il en sera malade de jalousie, ajouta Fifi.

— Pouah ! J'aime pas le poisson ! s'exclama Tommy.

— Moi non plus, renchérit Annika.

Fifi coupa une longue branche, y noua une ficelle, fit un hameçon avec une épingle, accrocha un petit bout de pain à l'hameçon et s'assit sur un gros rocher, sur la rive.

— On va voir ce qui mord, dit-elle.

— Que pêches-tu ? demanda Tommy.

— La pieuvre. Il n'y a rien de meilleur.

Elle resta là une heure entière, mais aucune seiche/pieuvre ne mordit. Une perche vint tâter du morceau de pain mais Fifi releva immédiatement l'hameçon.

— Pas de ça, fillette ! J'ai dit que c'était pour les pieuvres uniquement ! Alors, n'essaie pas de chiper le pain !

Au bout d'un moment, Fifi jeta la canne à pêche dans le lac.

— Vous avez de la chance. J'ai bien peur que ce soit un jour à crêpes. Les pieuvres sont trop têtues aujourd'hui.

Tommy et Annika en furent ravis. L'eau scintillante les tentait énormément.

— Si on se baignait ? demanda Tommy.

Fifi et Annika étaient d'accord. Mais l'eau était plutôt froide. Tommy et Annika plongèrent un doigt de pied mais le ressortirent aussitôt.

— Je connais une meilleure technique, dit Fifi. Au bord de l'eau, il y avait un gros rocher sur lequel poussait un arbre. Les branches s'étendaient au-dessus de l'eau. Fifi grimpa dans l'arbre et attacha une corde autour d'une branche.

— Regardez ! dit-elle en tenant la corde et en se laissant glisser. Comme ça, on est mouillé d'un seul coup, dit-elle en faisant surface.

Pour commencer, Tommy et Annika se montrèrent méfiants. Mais ça avait l'air drôle et ils décidèrent d'essayer. Et, une fois commencé, ils ne voulurent plus s'arrêter : c'était encore plus drôle qu'ils ne l'avaient pensé. M. Nilsson ne voulait pas être en reste. Il se laissa glisser le long de la corde mais, à l'instant où il allait toucher l'eau, il s'arrêta net et remonta à toute vitesse. Il le refit chaque fois, bien que les enfants l'aient traité de poltron. Fifi trouva ensuite que l'on pouvait se laisser glisser du rocher en étant assis sur une planche. C'était très amusant, surtout le grand « splash ! » quand on touchait l'eau.

— Ce Robinson, je me demande s'il faisait des glissades pareilles, dit Fifi du haut du rocher.

— Non, en tout cas, c'est pas dit dans le livre, répondit Tommy.

— C'est bien ce que je pensais. Son naufrage, c'est des racontars. Et que faisait-il toute la journée, hein ? De la broderie ? Youpi ! J'arrive !

Et Fifi se laissa glisser, ses nattes au vent.

Après la baignade, les enfants décidèrent d'explorer à fond l'île déserte. Ils montèrent tous trois sur le dos du cheval qui trotta paisiblement. Ils grimpèrent sur des collines, passèrent dans des broussailles denses et un bois de sapins, dans un marais et dans de jolies clairières où poussaient des fleurs sauvages. Fifi tenait le pistolet toujours prêt et elle tirait de temps en temps, si bien que le cheval, surpris, faisait de grands bonds.

— Voilà un lion qui a mordu la poussière, disait-elle, satisfaite, ou : Cet Indigène a avalé sa dernière patate !

— Je trouve que ce devrait être notre île pour toujours, dit Tommy, lorsqu'ils furent retournés au campement et que Fifi avait commencé à préparer des crêpes.

Fifi et Annika étaient bien d'accord.

Les crêpes toutes chaudes étaient vraiment délicieuses. Il n'y avait ni assiettes ni fourchettes ni couteaux et Annika demanda :

— Est-ce qu'on peut manger avec les mains ?

— Pas de problème. Mais moi, je préfère m'en tenir à la bonne vieille méthode : manger avec la bouche.

— Ah ! Tu comprends bien ce que je veux dire, dit Annika. Elle prit une crêpe dans sa petite main et l'engouffra dans sa bouche avec plaisir.

Ainsi tomba le deuxième soir. Le feu était éteint. Serrés les uns contre les autres, le visage barbouillé de crêpes, les enfants étaient enroulés dans leurs couvertures. Une grande étoile brillait par une fente dans la toile de tente. Les rugissements de l'océan les bercèrent.

Le lendemain matin, Tommy commença par se plaindre :

— Et dire qu'il faut rentrer aujourd'hui !

— C'est une honte, dit Annika. J'aimerais rester là tout l'été, mais papa et maman partent aujourd'hui.

Après le petit déjeuner, Tommy fit un tour vers la rive. Soudain, il poussa un grand cri. La barque avait disparu ! Annika en fut consternée. Comment allaient-ils partir d'ici ? Certes, elle aurait bien aimé passer tout l'été dans l'île, mais c'était différent quand on savait que l'on pouvait rentrer à la maison. Et que dirait leur pauvre maman en découvrant que ses enfants avaient disparu ? En y pensant, Annika eut les larmes aux yeux.

— Qu'est-ce qui te prend, Annika ? demanda Fifi. Je pourrais savoir comment tu t'imaginais un naufrage ? À ton avis, qu'est-ce que Robinson Crusoé aurait dit si un navire l'avait ramassé au bout de deux jours sur son île déserte ? « Allez, monsieur Crusoé, bienvenue à bord, qu'on vous sauve, qu'on vous fasse prendre un bain, qu'on vous rase gratis et qu'on vous taille les ongles des pieds ! » Non merci ! Je pense que M. Crusoé aurait foncé se cacher derrière des buissons. Car si on a eu la chance d'arriver sur une île déserte, on veut y rester au moins pour sept ans.

Sept ans ! Annika frissonna, Tommy eut l'air assez troublé.

— Enfin, je ne dis pas que nous allons rester là jusqu'à la fin des temps, dit Fifi d'un ton rassurant. Quand Tommy devra effectuer son service militaire, je suppose qu'on devra faire savoir où on se trouve. Mais il aura peut-être droit à un sursis d'un an ou deux.

Annika avait l'air de plus en plus inquiète. Fifi la regarda d'un air pensif.

— Bon, si tu le prends comme ça, il ne nous reste plus qu'à utiliser la poste des naufragés.

Et Fifi sortit du sac la bouteille vide et réussit à mettre la main sur un crayon et du papier. Elle posa le tout sur une pierre, devant Tommy.

— T'as qu'à écrire, toi qu'es tellement doué pour ça.

— Mais... Que faut-il mettre ?

— Voyons... Que dirais-tu de : « Sauvez-nous avant que nous ne mourions. Sans tabac à chiquer pendant deux jours sur cette île, nous dépérissons. »

— Mais enfin, Fifi ! Nous ne pouvons pas dire ça. C'est un mensonge.

— Quel mensonge ?

112

— Le tabac à chiquer.

— Et pourquoi ? Tu en as ?

— Non.

— Tu en as, Annika ?

— Non, bien sûr que non, mais...

— Est-ce que j'en ai ?

— Peut-être pas, mais nous n'en prenons pas.

— C'est exactement ce que je veux que tu écrives : « Sans tabac à chiquer pendant deux jours... »

— Mais si nous mettons ça, les gens vont croire que nous en prenons !

— Écoute, Tommy. Réponds-moi franchement : qui est le plus souvent sans tabac à chiquer ? Ceux qui en prennent ou ceux qui n'en prennent pas ?

— Ceux qui n'en prennent pas, évidemment !

— Ben alors ? Pourquoi fais-tu tant d'histoires ? Allez, écris ce que je dis !

Et Tommy écrivit : « *Sauvez-nous avant que nous ne mourions. Sans tabac à chiquer pendant deux jours sur cette île, nous dépérissons.* »

Fifi prit le morceau de papier, le glissa dans la bouteille, la ferma avec un bouchon et la jeta à l'eau.

113

— Avec ça, les sauveteurs ne devraient pas tarder.

La bouteille flotta un moment et alla s'échouer entre les racines d'un aulne, sur la berge.

— Il faut la lancer plus loin, dit Tommy.

— Ça serait la chose la plus idiote à faire, répliqua Fifi. Si elle vogue trop loin, nos sauveteurs ne sauront pas où nous chercher. Tandis que si elle reste là, on pourra leur faire des signes et les appeler quand ils l'auront trouvée. Et nous serons sauvés en deux temps trois mouvements.

Fifi s'assit sur la rive.

— Il ne faut pas quitter la bouteille des yeux.

Tommy et Annika s'assirent à côté d'elle. Dix minutes plus tard, Fifi s'écria, impatiente :

— Il ne faudrait pas que les gens croient que nous n'avons que ça à faire, attendre d'être sauvés. Non mais, où sont-ils passés ?

— Qui ? demanda Annika.

— Les sauveteurs, tiens. Vraiment, une flemme pareille, c'est scandaleux quand des vies sont en jeu.

Annika commença sérieusement à croire qu'ils allaient mourir sur l'île. Mais, soudain, Fifi agita l'index et s'exclama :

— Vraiment ! Quelle tête de linotte je fais ! Comment ai-je pu oublier ?

— Quoi donc ? demanda Tommy.

— La barque. Je l'ai ramenée à terre hier soir pendant que vous dormiez !

— Mais pourquoi ? dit Annika sur un ton de reproche.

— J'avais peur qu'elle prenne l'eau.

En un éclair, Fifi ramena le bateau qui était caché sous un sapin. Elle le balança dans le lac et dit d'une voix mécontente :

— Ils peuvent toujours venir maintenant ! Mais lorsqu'ils arriveront pour nous sauver, ils feront chou blanc. Parce que nous allons nous sauver nous-mêmes ! Ça leur fera les pieds ! Ça leur apprendra à se presser un peu la prochaine fois.

— J'espère que nous arriverons avant maman et papa, dit Annika, une fois qu'ils furent à bord de la barque et que Fifi donnait de grands coups de rames. Sinon, oh ! là ! là ! maman va se faire tellement de souci !

— Ça, je ne le crois pas, dit Fifi.

Mais M. et Mme Settergren rentrèrent chez eux une demi-heure avant leurs enfants. Pas de

Tommy ni d'Annika en vue. Mais ils trouvèrent un bout de papier dans leur boîte aux lettres qui disait :

Ne pensé pa que vo enfan son mor ou dispare sur tout-jour. 7 juste 1 petit nofrage. Ils reviendron vit. Promis. Bises.

~Fifi.

7

Fifi reçoit un visiteur de marque

Un beau soir d'été, Fifi, Tommy et Annika, assis sur les marches de la véranda, mangeaient des fraises des bois qu'ils avaient cueillies l'après-midi. C'était une belle soirée paisible, avec les chants des oiseaux, le parfum des fleurs et, bien sûr, les fraises des bois. Tout en mangeant, Annika songeait combien il était agréable que l'école ne reprenne pas avant un bon bout de temps. Par contre, personne ne savait ce que pensait Fifi.

— Fifi, cela fait un an que tu habites à la villa

Drôlederepos, dit soudain Annika en serrant le bras de son amie.

— Oui, comme le temps passe, et je commence à me faire vieille ! J'aurai dix ans à l'automne et je suppose que j'aurai alors mes meilleures années derrière moi.

— Crois-tu que tu habiteras ici pour toujours ? demanda Tommy. Je veux dire, jusqu'à ce que tu deviennes pirate.

— Nul ne le sait. En tout cas, je ne crois pas que mon papa va rester pour toujours dans cette île des Indigènes. Dès qu'il aura un nouveau navire, il viendra sûrement me chercher.

Tommy et Annika soupirèrent. Soudain, Fifi se redressa sur l'escalier.

— Regardez ! Le voilà ! dit-elle en pointant un doigt vers la grille. Elle parcourut l'allée du jardin en trois enjambées. Après quelques hésitations, Tommy et Annika la suivirent et la virent se jeter au cou d'un très gros monsieur portant une épaisse moustache rousse et un pantalon de marin.

— Papa Éfraïm ! criait Fifi, suspendue au cou de son papa en agitant les jambes si fort que ses grandes chaussures tombèrent. Papa ! Qu'est-ce que tu as grandi !

— Fifilotta Provisionia Gabardinia Pimprenella Brindacier ! Ma petite fille chérie ! J'allais
juste te dire la même chose !

— Je l'avais deviné ! C'est pour ça que je l'ai
dit en premier ! Ha, ha, ha !

— Ma petite, es-tu aussi costaud qu'avant ?

— Plus. On fait un bras de fer ?

— On y va ! répondit le papa.

Tommy et Annika regardèrent Fifi et son
papa s'asseoir à la table du jardin et commencer
leur partie de bras de fer. Il n'y avait qu'une seule
personne au monde aussi forte que Fifi : son
papa. Ils poussèrent tant et plus, mais aucun
d'eux ne plia. Pour finir, le bras du capitaine
Brindacier trembla un peu et Fifi dit :

— Papa, quand j'aurai dix ans, je te battrai !

Son papa en était lui aussi convaincu.

— Mais, nom d'une pipe ! s'exclama Fifi, j'ai
oublié de faire les présentations ! Voilà Tommy
et Annika, et voilà mon père, le capitaine au long
cours et Sa Majesté Éfraïm Brindacier – c'est vrai,
papa, tu es bien roi des Indigènes ?

— Exactement, répondit le capitaine Brindacier. Je suis roi des Couricouriens sur une île qui
s'appelle Couricoura. Je m'y suis échoué après
avoir été jeté à la mer.

— C'est bien ce que je pensais. J'étais sûre que tu ne t'étais pas noyé.

— Noyé, moi ? Ça m'est tout aussi impossible qu'à un chameau de passer par le chas d'une aiguille. Ma graisse me fait flotter.

Tommy et Annika regardaient le capitaine Brindacier avec admiration.

— Pourquoi ne portez-vous pas l'habit du roi des Indigènes ? demanda Tommy.

— Il est dans ma valise, répondit le capitaine.

— Enfile-le ! Enfile-le ! cria Fifi. Je veux voir. mon papa en uniforme royal !

Tout le monde passa à la cuisine. Le capitaine Brindacier disparut dans la chambre de Fifi, les enfants l'attendirent, assis sur le coffre à bois.

— C'est exactement comme au théâtre, dit Annika, pleine d'espoir.

Et – bang ! – la porte s'ouvrit et le roi des Indigènes apparut. Il portait un pagne en paille autour de la taille, une couronne en or sur la tête et des colliers autour du cou. Dans une main il tenait une lance, dans l'autre, un bouclier. C'était tout. Enfin, presque : sous le pagne, on apercevait deux grosses jambes poilues avec des bracelets en or aux chevilles.

— *Ussamkussor mussor filibussor,* dit le capitaine Brindacier en fronçant des sourcils menaçants.

— Oh ! Il parle la langue des Indigènes ! dit Tommy, ravi. Qu'est-ce que cela veut dire, monsieur Brindacier ?

— Cela signifie : « Tremblez, mes ennemis ! »

— Dis donc, papa, ils n'ont pas été surpris, les Indigènes, en te voyant débarquer sur leur île ?

— Oh que si ! Ils ont d'abord pensé me manger, mais j'ai brisé un palmier à mains nues et ils se sont ravisés. Ils ont même eu la bonne idée de me faire roi. Je régnais le matin et je construisais

121

mon navire l'après-midi. Ça m'a pris beaucoup de temps parce que je devais tout faire tout seul – même si c'était un simple petit voilier. Lorsqu'il a été terminé, j'ai dit aux Indigènes que je devais les quitter pour un petit moment mais que je reviendrais bientôt, avec une princesse appelée Fifilotta. Ils ont tapé sur leurs boucliers en criant : « *Ussomplussor, ussomplussor !* »

— Ce qui veut dire ? demanda Annika.

— « Bravo, bravo ! » Puis j'ai régné durement pendant deux semaines – ça devrait suffire pour le temps de mon absence. J'ai hissé les voiles et je me suis dirigé vers la haute mer ; les Indigènes ont crié « *Ussamkura kussomkara !* », ce qui veut dire « Reviens vite, gros chef blanc ! » J'ai fait voile vers Surabaya. Et devinez la première chose que j'ai vue en arrivant là ? Ma bonne vieille goélette, *L'Étourdie*. Et ce bon vieux Fridolf, qui se tenait au bastingage et me faisait de grands signes. Je lui ai dit : « Fridolf, je reprends le commandement. – À vos ordres, capitaine. » L'équipage n'a pas changé, *L'Étourdie* est amarrée au port et tu peux aller saluer tous tes amis, Fifi.

Fifi en fut tellement heureuse qu'elle s'installa sur la table la tête en bas, en agitant les jambes. Mais Tommy et Annika ne pouvaient pas s'empê-

cher de se sentir un peu tristes. C'était comme si quelqu'un leur enlevait Fifi.

— On va fêter ça ! s'écria Fifi une fois redescendue de la table. On va faire une fête à tout casser !

Fifi prépara un dîner substantiel et tous passèrent à table. Fifi avala trois œufs durs – avec la coque. Elle mordait de temps en temps l'oreille de son papa tellement elle était contente de le revoir. M. Nilsson, qui avait fait une longue sieste, surgit soudain et se frotta les yeux de surprise en apercevant le capitaine Brindacier.

— Mais, mais, mais... tu as toujours M. Nilsson, à ce que je vois !

— Bien sûr. Et j'ai d'autres animaux domes-

123

tiques, tu peux me croire, dit-elle en allant chercher le cheval – qui eut droit à son œuf dur, lui aussi.

Le capitaine Brindacier était très heureux de constater que sa fille s'était si bien débrouillée à la villa *Drôlederepos,* il était content qu'elle ait eu la valise de pièces d'or. Comme ça, elle n'avait pas été dans le besoin durant son absence.

Une fois rassasié, le capitaine Brindacier sortit de son sac un tambour – le même que les Indigènes utilisaient pour battre la mesure quand ils effectuaient leurs danses et leurs sacrifices. Le capitaine se mit à battre du tambour. Le son, très sourd et inquiétant, ne ressemblait à rien de ce que connaissaient Tommy et Annika.

— C'est indigénesque, expliqua Tommy à sa sœur.

Fifi ôta ses grandes chaussures et exécuta une danse, bien inquiétante elle aussi. Puis le roi Éfraïm exécuta une danse de guerre qu'il avait apprise sur l'île de Couricoura. Il agitait sa lance et gesticulait sauvagement avec son bouclier, et ses pieds nus frappaient si fort sur le plancher que Fifi cria :

— Attention ! Le plancher va craquer !

— Ça ne fait rien ! répondit le capitaine Brindacier en s'agitant davantage. Désormais, tu es la princesse des Couricouriens, ma petite fille !

Fifi se lança dans une danse endiablée avec son papa. Ils se firent des grimaces, poussèrent des cris, faisant parfois des bonds tels que Tommy et Annika en eurent le tournis. M. Nilsson semblait tout aussi troublé : il se cachait dans un coin et se bouchait les yeux.

Peu à peu, la danse se transforma en un combat entre Fifi et son papa. Le capitaine Brindacier propulsa sa fille si fort qu'elle atterrit sur l'armoire à chapeaux. Mais elle n'y resta pas long-temps. Elle sauta en hurlant sur son papa. Une seconde plus tard, elle l'expédia – comme une fusée – tête la première dans le coffre à bois, seules ses deux jambes en dépassaient. Il ne pou-vait pas se dégager, d'une part parce qu'il était trop gros, d'autre part parce qu'il riait à perdre haleine. On aurait cru que le tonnerre éclatait à l'intérieur du coffre à bois. Fifi saisit son papa par les pieds pour le sortir de là, mais il riait tant qu'il étouffait presque. Il faut dire qu'il était extrêmement chatouilleux.

— Pas de guili-guili ! rugit-il. Jette-moi à l'eau ou par la fenêtre, tout ce que tu veux, mais pas de guili-guili, pas de chatouilles sous les pieds !

Il riait si fort que Tommy et Annika pensèrent que le coffre à bois allait se briser. Le capitaine parvint cependant à s'en extraire et, à peine sur ses jambes, il se précipita sur Fifi et la fit voltiger dans la cuisine. Elle atterrit près du four et son visage fut couvert de suie.

— Ha ! Ha ! Ha ! Me voilà transformée en princesse des Couricouriens ! dit-elle en tournant sa frimousse noire comme du charbon en direction de ses amis. Puis elle poussa un nouveau cri de guerre et se rua sur son papa, si fort que les brins de paille du pagne s'envolèrent dans toute la pièce. La couronne en or roula sous la table. Enfin, Fifi mit son papa à terre et s'assit sur lui :

— Alors, tu reconnais que tu es battu ?

— Oui, je suis vaincu, dit le capitaine Brinda-cier. Et ils rirent si fort qu'ils en eurent les larmes aux yeux. Fifi mordilla gentiment le nez de son papa :

— Je ne me suis pas aussi amusée depuis le jour où toi et moi avons fait le ménage dans ce café de marins à Singapour !

M. Brindacier rampa sous la table et récupéra sa couronne.

— Ah ! Si les Couricouriens voyaient ça ! La couronne royale qui traîne sous la table de la villa *Drôlederepos* !

Il reposa la couronne sur sa tête et remit un peu d'ordre dans le pagne fort dégarni.

— Je crois qu'il va falloir le donner à réparer, dit Fifi.

— Oui, mais ça en valait le coup ! répliqua son papa.

Il s'assit sur le plancher et essuya la sueur de son front.

— Dis donc, ma petite Fifi, tu ne racontes plus de bobards par les temps qui courent ?

— Oh si, quand j'ai le temps. Ce n'est pas très souvent, je le crains. Et toi ? Tu te défendais assez bien à ce petit jeu-là !

— Bah... Je raconte des histoires aux Couricouriens le dimanche soir, s'ils ont été gentils pendant la semaine. Nous avons notre petite soirée de mensonges, avec chansons accompagnées aux tambours et danses aux flambeaux. Plus mes histoires sont énormes, plus ils tapent fort.

— Vraiment ? En tout cas, personne ne joue du tambour pour moi. Moi, je me mens tellement fort que j'en rigole toute seule. Et je n'ai pas de galerie à épater, moi ! L'autre soir, j'étais dans mon lit et j'ai inventé une histoire de veau qui savait faire de la dentelle et grimper aux arbres ! Et tiens-toi bien : je l'ai gobée ! Ça, c'est ce que j'appelle un mensonge ! Mais battre le tambour ! Ça non, personne ne le fait pour moi.

Annika réfléchissait depuis un bon moment. Elle n'arrivait pas à savoir si elle devait intervenir. Mais elle ne put se retenir :

— Maman dit que c'est vilain de mentir.

— Annika, ce que tu es bête ! répliqua Tommy. Fifi ne ment pas pour de vrai. Elle invente. Tu ne comprends donc pas ça ?

Fifi regarda Tommy d'un air pensif.

— À t'entendre parler, je me dis parfois que tu vas devenir quelqu'un, un jour.

La nuit était tombée, Tommy et Annika devaient rentrer. La journée avait été bien remplie, ce n'était pas tous les jours qu'on pouvait voir un roi des Couricouriens en chair et en os.

Et c'était chouette que Fifi retrouve enfin son papa. Cependant...

Une fois couchés, Tommy et Annika ne parlèrent pas comme ils avaient l'habitude de le faire. Le silence régnait dans la chambre des enfants. Soudain, un soupir se fit entendre. C'était Tommy. Un instant plus tard, c'était au tour d'Annika de soupirer profondément.

— Pourquoi soupires-tu ? demanda Tommy, énervé.

Il n'eut pas de réponse. Annika pleurait, cachée sous les couvertures.

8

Fifi donne un dîner d'adieu

Quand Tommy et Annika entrèrent dans la cuisine de la villa *Drôlederepos,* la maison résonnait de ronflements terribles. Le capitaine Brindacier n'était pas encore réveillé. Par contre, Fifi était en train de faire sa gymnastique matinale. Tommy et Annika l'interrompirent juste au moment du quinzième saut périlleux.

— Ah ! Mon avenir est enfin réglé : je serai princesse des Couricouriens. La moitié de l'année je serai princesse, l'autre moitié, je parcourrai les océans à bord de *L'Étourdie.* Papa considère que, s'il règne bien sur l'île pendant six mois, les Couricouriens s'en sortiront sans roi pendant le reste de l'année. Vous comprenez, il faut qu'un vieux loup de mer soit sur le pont de temps en temps. Et puis, il doit s'occuper de mon éducation. Si je dois devenir un vrai pirate, la vie de cour ne sert pas à grand-chose. D'après papa, ça vous ramollit.

— Tu ne vas jamais revenir à la villa *Drôlederepos* ? demanda Tommy d'une petite voix.

— Si, quand je serai à la retraite. Dans environ cinquante ou soixante ans. À ce moment-là, on pourra bien s'amuser ensemble, pas vrai ?

Ni Tommy ni Annika ne trouvèrent grand réconfort dans ces paroles.

— Rendez-vous compte ! Princesse des Couricouriens, moi ! dit Fifi d'un ton rêveur. Ce n'est pas donné à tous les enfants. J'aurai l'air tellement chic avec ces anneaux à mes oreilles et un autre, un peu plus grand, dans le nez.

— Que vas-tu porter d'autre ? demanda Annika.

— Rien d'autre. Pas un chiffon de plus. Mais, tous les matins, j'aurai un Couricourien qui m'enduira de cirage. Comme ça, je serai noire comme tous les autres. Et pour le brossage, je n'aurai qu'à me mettre devant la porte le soir, avec mes chaussures.

Tommy et Annika essayèrent d'imaginer à quoi Fifi ressemblerait.

— Crois-tu vraiment que le noir ira bien avec tes cheveux roux ? demanda Annika d'un ton dubitatif.

— On verra. Sinon, ce n'est pas très compliqué de se teindre les cheveux en vert.

Fifi poussa un soupir de ravissement.

— La princesse Fifilotta ! Quel chic ! Et puis, je danserai ! La princesse Fifilotta dansera à la lueur des feux de camp et au grondement des tambours. Je vous le garantis, on entendra le tintement de l'anneau de mon nez !

— Quand... quand... pars-tu ? demanda Tommy, d'une voix tremblante.

— *L'Étourdie* lève l'ancre demain matin.

Les trois enfants gardèrent le silence un long moment. Il n'y avait plus grand-chose à ajouter. Puis Fifi exécuta un dernier saut périlleux et dit :

— Mais ce soir, je donne un dîner d'adieu à la villa *Drôlederepos.* Un dîner d'adieu, je n'en dirai pas plus ! Tous ceux qui veulent venir me dire au revoir sont les bienvenus.

La nouvelle se répandit comme une traînée de poudre dans la toute petite ville.

— Fifi Brindacier va quitter la ville et elle donne ce soir un dîner d'adieu à la villa *Drôle-derepos*. Tous ceux qui le veulent sont invités !

Beaucoup d'enfants le voulaient et, pour être précis, il en vint trente-quatre. Tommy et Annika avaient persuadé leur maman de les laisser rentrer aussi tard qu'ils en avaient envie, ce soir-là. Mme Settergren avait compris l'importance de la situation.

Tommy et Annika n'oublieraient jamais le dîner d'adieu de Fifi. C'était une soirée d'été belle et chaude, une de ces soirées où l'on se dit : « Voilà un vrai soir d'été !

Toutes les roses du jardin de Fifi resplendissaient et embaumaient ; les vieux arbres semblaient se chuchoter des choses mystérieuses. Tout aurait été merveilleux, si seulement... si seulement ! Tommy et Annika refusaient d'aller au bout de leur pensée.

Les enfants soufflaient joyeusement dans leurs ocarinas lorsqu'ils déboulèrent dans l'allée – avec Tommy et Annika en tête. Quand ils arrivèrent à l'escalier de la véranda, la porte s'ouvrit. Fifi se tenait sur le seuil, ses yeux brillants au milieu de son visage constellé de taches de rousseur.

— Bienvenue dans mon humble demeure, dit-elle en ouvrant les bras. Annika la dévisagea pour ne pas oublier les traits de Fifi. Oh non, elle ne l'oublierait jamais, avec ses tresses rousses, ses taches de rousseur, son sourire enjoué et ses grandes chaussures noires.

Au loin, on entendait le roulement sourd d'un tambour. Dans la cuisine, le capitaine Brindacier tenait le tambour des Couricouriens entre ses genoux. Il avait également revêtu ses habits royaux. Fifi avait insisté, elle savait bien que tous les enfants voudraient voir un roi des Couricouriens en chair et en os.

La cuisine fut rapidement bondée de gamins qui contemplaient le roi Éfraïm. Annika se dit qu'il était heureux qu'il n'en soit pas venu davantage – il n'y aurait pas eu de place pour tout le monde. Au même instant, on entendit un accordéon dans le jardin. C'était l'équipage de *L'Étourdie* au grand complet, avec Fridolf qui ouvrait la marche. C'était lui qui jouait de l'accordéon. Fifi était descendue au port revoir ses vieux amis et les avait invités au dîner d'adieu. Elle se jeta au cou de Fridolf et l'embrassa avec une énergie telle qu'il en eut presque des bleus. Elle finit par le relâcher et cria :

— Musique ! Musique !

Fridolf joua de l'accordéon, le roi Éfraïm martela son tambour et tous les enfants soufflèrent à pleins poumons dans leurs ocarinas.

De longues rangées de bouteilles de limonade étaient posées sur le coffre à bois – refermé pour l'occasion. La table de la cuisine était recouverte par quinze tartes à la crème et une énorme marmite de saucisses trônait sur la cuisinière.

Le roi Éfraïm s'empara de huit saucisses. Tout le monde suivit son exemple et, bientôt, la cuisine résonna de « miam-miam » – bruit caractéristique de la dégustation de saucisses. Puis chacun se servit d'autant de tarte et de limonade qu'il en avait envie. Comme on était un peu à l'étroit dans la cuisine, la compagnie se dispersa dans la véranda et le jardin, si bien que l'on apercevait çà et là les petites taches blanches des parts de tartes.

Quand personne ne fut plus en mesure d'avaler quoi que ce soit, Tommy proposa un jeu, pour aider à digérer les saucisses et la tarte. Au jeu de la queue leu leu, par exemple. Fifi ne connaissait

pas ce jeu et Tommy lui expliqua qu'il s'agissait d'imiter tous les mouvements d'un joueur désigné.

— Bonne idée, dit Fifi, et autant que ce soit moi qui mène.

Elle commença par grimper sur la buanderie. Pour y arriver, il lui fallait d'abord escalader la clôture et se hisser – à plat ventre – sur le toit de la buanderie. Fifi, Tommy et Annika l'avaient fait tant de fois que ce n'était guère sorcier pour eux. Mais les autres enfants trouvèrent l'exercice plutôt difficile. Les matelots de *L'Étourdie* avaient l'habitude de grimper dans les mâts et, pour eux,

ce fut un jeu d'enfants. Mais le capitaine Brindacier eut quelques problèmes à cause de son poids.
En outre, son pagne s'accrochait partout. Bref, il
soufflait comme une forge en arrivant sur le toit.

— Ce pagne ne sera jamais plus ce qu'il était,
dit-il tristement.

De la buanderie, Fifi sauta à terre. Bien sûr,
une partie des tout petits n'osèrent pas, mais Fridolf se montra très gentil. Il déposa sur le sol
ceux qui n'avaient pas le courage de sauter. Puis
Fifi exécuta six galipettes sur la pelouse. Tout le
monde la suivit, mais le capitaine Brindacier
objecta :

— Il faut que quelqu'un me pousse, sinon, je
n'y arriverai jamais !

Fifi s'en chargea. Elle le poussa si bien, qu'une
fois lancé, il roula comme une boule sur la
pelouse et fit quatorze galipettes au lieu de six.

Fifi se précipita dans la villa, gravit l'escalier
de la véranda et grimpa à une fenêtre. En tendant
la jambe, elle atteignit une échelle et monta sur
le toit de la villa. Elle marcha sur le faîte du toit,
sauta sur la cheminée, s'y tint sur une jambe et
chanta comme un coq. De là, elle sauta dans un
arbre à l'angle de la maison, se laissa glisser à
terre, fonça dans la remise, s'empara d'une hache,

brisa une planche du mur, se faufila par l'ouverture, sauta sur la clôture du jardin et y parcourut cinquante mètres en équilibre, grimpa dans un chêne et, enfin, s'y installa pour se reposer un peu.

Du monde s'était attroupé devant la villa *Drôlederepos.* Par la suite, les gens racontèrent qu'ils avaient vu un roi des Couricouriens perché sur une jambe sur la cheminée en poussant des « cocorico ! » si fort, qu'on l'entendait à des kilomètres à la ronde. Bien entendu, personne ne les crut.

Quand le capitaine Brindacier dut passer par l'ouverture pratiquée dans la remise, il arriva ce qui devait arriver : il resta bloqué. Le jeu s'arrêta et les enfants observèrent Fridolf qui sciait le mur pour dégager le capitaine Brindacier.

— C'était un jeu bien rigolo, dit le capitaine une fois libéré. Que va-t-on faire maintenant ?

— Dans le temps, dit Fridolf, vous faisiez des concours avec Fifi pour savoir lequel d'entre vous était le plus fort. Ça valait le coup d'œil.

— Bonne idée ! s'exclama le capitaine Brindacier. Mais l'ennui, c'est que ma fille est en train de devenir plus forte que moi.

Tommy chuchota à Fifi :

— Fifi, tout à l'heure, j'ai vraiment eu peur

que tu descendes dans notre cachette, à l'intérieur du chêne. Je veux que personne d'autre que nous ne soit au courant. Même si nous n'y retournons jamais.

— Non, non. C'est notre secret, confirma Fifi.

Son papa avait trouvé un tisonnier. Il le plia en deux, comme si c'était de la pâte à modeler. Fifi prit un second tisonnier et fit de même.

— C'est trop facile, dit-elle. Ce petit jeu-là, ça m'amusait quand j'étais au berceau, pour passer le temps.

Alors, le capitaine Brindacier sortit de ses gonds la porte de la cuisine. Fridolf et sept matelots s'installèrent sur la porte, le capitaine souleva le tout et fit dix tours de jardin.

La nuit était tombée et Fifi avait allumé des flambeaux çà et là. Ils répandaient une lumière enchantée dans le jardin.

— Dis donc, papa, tu as fini maintenant ? demanda Fifi. Elle plaça le cheval sur la porte, puis, sur le dos du cheval elle fit asseoir Fridolf et trois matelots, chacun tenant deux enfants dans ses bras. Fridolf portait Tommy et Annika. Puis Fifi souleva la porte et effectua vingt-cinq tours de jardin – un spectacle impressionnant à la lueur des flambeaux.

— Pas de doute, ma petite, tu es plus forte que moi, dit le capitaine Brindacier.

Tout le monde s'assit sur la pelouse. Fridolf joua de l'accordéon, les matelots chantèrent les plus belles chansons de marins. Les enfants dansèrent sur la musique, Fifi prit deux flambeaux et dansa encore plus vivement que tous.

La fête se termina par un feu d'artifice. Fifi tira des fusées et des soleils qui illuminèrent le ciel. Annika contemplait la scène de la véranda. C'était magnifique et si mignon. Elle ne voyait pas les roses mais sentait leur parfum. Ah ! Que tout aurait été merveilleux, si seulement... Si seulement... Annika eut l'impression qu'une

141

main glacée lui serrait le cœur. Et demain, qu'allaient-ils devenir ? Que feraient-ils durant les grandes vacances ? Et ensuite ? Il n'y aurait plus de Fifi à la villa *Drôlederepos*. Plus de M. Nilsson, plus de cheval sur la véranda. Plus de tours à cheval, plus de pique-nique avec Fifi, plus de soirées passionnantes dans la cuisine, plus d'arbre dans lequel poussait de la limonade. Certes, l'arbre serait toujours là, mais Annika doutait fort qu'il y pousserait encore de la limonade après le départ de Fifi. Oui, que ferait-elle donc le lendemain, avec son frère ? Ils joueraient au croquet, sans doute. Annika soupira.

La fête était terminée. Les enfants remercièrent et dirent au revoir. Le capitaine Brindacier retourna à *L'Étourdie* avec ses matelots. Il proposa à Fifi de les accompagner mais celle-ci répondit qu'elle voulait passer une dernière nuit à la villa *Drôlederepos*.

— Nous levons l'ancre à dix heures du matin, n'oublie pas ! cria le capitaine Brindacier.

Il ne resta plus que Fifi, Tommy et Annika. Ils restèrent en silence sur la véranda.

— Vous pourrez tout de même venir jouer ici, dit Fifi. La clef sera accrochée à un clou, à côté de la porte. Vous pourrez prendre tout ce que vous trouverez dans les tiroirs du secrétaire. Et si je laisse une échelle dans le chêne, vous pourrez y descendre. Mais je ne crois pas qu'il y poussera autant de limonade. Ce n'est plus la saison.

— Non, Fifi, répondit solennellement Tommy, nous ne reviendrons jamais.

— Non ! Jamais, jamais, renchérit Annika. Et elle promit de fermer les yeux chaque fois qu'elle passerait devant la villa *Drôlederepos*. Une villa *Drôlederepos* sans Fifi... Annika sentit de nouveau cette main glacée qui lui serrait le cœur.

9

Fifi monte à bord

Fifi ferma à double tour la porte de la villa *Drôlederepos*. Elle accrocha la clef à un clou, juste à côté. Puis elle souleva le cheval de la véranda – pour la dernière fois ! M. Nilsson était déjà juché sur son épaule et se pavanait, bien conscient qu'il se déroulait quelque chose d'inhabituel.

— Bien, je suppose que c'est tout, dit Fifi. Tommy et Annika acquiescèrent, non il n'y avait rien d'autre.

— Nous sommes en avance, dit Fifi. Allons au port à pied, ça prendra plus de temps.

Tommy et Annika firent oui de la tête, toujours sans rien dire. Ils se dirigèrent vers la ville, vers le port, vers *L'Étourdie*. Ils laissèrent le cheval les suivre à son pas.

Fifi se retourna pour lancer un dernier regard à la villa *Drôlederepos*.

— Chouette baraque, dit-elle. Pas de puces et bien sous tous les rapports. Je ne pourrais peut-être pas en dire autant de la cabane de Couricourien où je vais habiter désormais.

Tommy et Annika ne répondaient toujours pas.

— S'il y a vraiment trop de puces dans ma cabane, je les apprivoiserai, je les garderai dans une boîte de cigares et, le soir, je jouerai avec elles. Je leur nouerai de petits rubans aux pattes. Les deux puces les plus fidèles et les plus gentilles, je les appellerai « Tommy » et « Annika », et elles auront le droit de dormir avec moi.

Même cela ne fit pas sortir Tommy et Annika de leur silence.

— Mais qu'est-ce que vous avez donc ? s'écria Fifi. C'est moi qui vous le dis, c'est vachement dangereux de se taire trop longtemps. La langue s'use si on ne s'en sert pas. J'ai rencontré un artisan à Calcutta qui se taisait tout le temps. Il devait me dire : « Au revoir, ma petite Fifi, bon voyage et merci pour tout ! » Devinez ce qui s'est passé ? Il a commencé par faire des grimaces infernales, parce que ses mâchoires étaient rouillées. Il a fallu que je les huile un peu. Mais tout ce qu'il a réussi à dire c'est : « Hou, bou, lou, rou ! » Je lui ai ouvert la bouche et j'ai regardé : pas étonnant, sa langue était toute fanée ! Et jusqu'à la fin de ses jours, ce monsieur n'a jamais pu rien dire d'autre que « Hou, bou, lou, rou ! » Ça serait terrible s'il vous arrivait la même chose. Alors, voyons voir si vous vous en sortez mieux. que lui : « Au revoir, Fifi, bon voyage et merci pour tout ! » Allez, essayez !

— Au revoir, Fifi, bon voyage et merci pour tout, reprirent Tommy et Annika, obéissants.

— Ah ! Tout de même ! C'est mieux comme ça. Vous avez failli me faire peur. Imaginez un peu si vous aviez dit « Hou, bou, lou, rou ! », j'aurais eu l'air fine.

Ils arrivèrent au port où mouillait *L'Étoudie*. Sur le pont, le capitaine Brindacier criait ses ordres. Les matelots se dépêchaient de tout préparer pour l'appareillage. Tous les habitants de la petite ville s'étaient rassemblés sur le quai pour dire au revoir à Fifi. Et la voilà qui arrivait, avec Tommy, Annika, M. Nilsson et le cheval.

— Voilà Fifi Brindacier ! Laissez passer Fifi Brindacier !

Les gens s'écartèrent sur son passage. Fifi adressa des signes de tête et salua à droite et à gauche. Puis elle souleva le cheval et le porta sur la passerelle. Le pauvre animal lançait des regards inquiets autour de lui – les chevaux n'aiment guère les voyages en bateau.

— Ah ! Te voilà, ma petite fille ! s'exclama le capitaine Brindacier, s'interrompant au milieu d'un ordre. Ils tombèrent dans les bras de l'autre et se serrèrent à s'en faire craquer les côtes.

Annika avait la gorge nouée depuis le lever. En voyant Fifi porter le cheval, la boule dans sa gorge se défit. Adossée contre une caisse, elle se mit à pleurer, tout doucement, puis de plus en plus fort.

— Arrête de pleurnicher ! dit Tommy, furieux. Tu nous fais honte devant tout le monde !

Mais après cette réprimande, Annika répandit un torrent de larmes. Elle pleurait tant qu'elle en tremblait. Tommy donna un coup de pied dans une pierre qui roula sur le quai et tomba à l'eau. En fait, il aurait voulu la lancer sur *L'Étourdie,* cet abominable rafiot qui allait les séparer de Fifi. À vrai dire, si personne ne l'avait vu, Tommy aurait volontiers versé une petite larme. Mais ça ne se faisait pas. Il se contenta d'envoyer à l'eau une deuxième pierre.

Fifi dévala la passerelle et fonça vers Tommy et Annika. Elle prit leurs mains dans les siennes.

— Il nous reste dix minutes, dit-elle.

Annika se tourna contre la pile de caisses et pleura comme si son cœur allait se briser. Tommy n'avait plus de pierres dans lesquelles taper. Il serra les dents avec un air féroce.

Les enfants de la toute petite ville s'attroupèrent autour de Fifi. Ils jouaient une marche d'adieu avec leurs ocarinas, une marche d'une tristesse indescriptible. Annika pleurait tellement qu'elle tenait à peine sur ses jambes. Tommy se souvint qu'il avait écrit un poème d'adieu en l'honneur de Fifi. Il sortit de sa poche une feuille de papier et commença à lire. Ah ! Si seulement cette stupide voix ne tremblait pas !

— *Au revoir, chère Fifi,*
qui t'en vas loin d'ici.
Mais souviens-toi que tu laisses aussi,
des amis fidèles pour la vie.

— Mais ma parole, ça rime ! s'écria Fifi, ravie. Je vais apprendre ce poème par cœur et je le réciterai aux Couricouriens, à la veillée.

Les enfants accouraient de partout pour dire au revoir à Fifi. Fifi leva la main et demanda le silence :

— Les enfants, désormais, je n'aurai que des petits Couricouriens comme compagnons de jeu. Comment nous allons nous amuser, je n'en sais rien. Peut-être jouerons-nous à chat avec des rhinocéros ? Peut-être charmerons-nous des serpents ? Peut-être chevaucherons-nous des éléphants ? Peut-être installerons-nous une balançoire entre deux cocotiers ? Mais nous réussirons sûrement à passer le temps d'une manière ou d'une autre.

Fifi marqua une pause. Tommy et Annika

détestaient déjà ces petits Couricouriens qui auraient la chance de jouer avec Fifi.

— Mais, poursuivit-elle, peut-être qu'un jour, durant la saison des pluies – un jour bien ennuyeux, car même si c'est marrant de courir tout nu sous la pluie, on finit quand même par être trempé – il ne nous restera donc plus qu'à nous glisser dans ma cabane en terre battue. En espérant qu'elle ne sera pas devenue une cabane de boue, bien entendu. Et là, peut-être que les petits Couricouriens me diront : « Allez, Fifi, raconte-nous une histoire ! » Je leur parlerai d'une toute petite ville qui se trouve très, très loin, à l'autre bout du monde et où habitent des petits enfants blancs. Je leur dirai : « Vous n'imaginez pas quels gentils petits enfants habitent là-bas, ils sont blancs comme des petits anges, sur tout le corps – sauf les pieds, parfois –, ils jouent de l'ocarina et, merveille, ils connaissent la nulplication. » L'ennui, c'est que les petits Couricouriens risquent d'être jaloux, et ils me demanderont peut-être de la leur apprendre ! Enfin, dans le pire des cas, je pourrais toujours démolir la cabane en terre battue pour obtenir de la boue avec laquelle nous ferons des pâtés, ou y prendre des bains. À ce moment-là, je serai vraiment surprise qu'ils pensent encore à la nul-plication. Merci encore, à vous tous ! Au revoir !

Les enfants reprirent leurs ocarinas et jouèrent une chanson encore plus triste.

— Fifi, c'est l'heure de monter à bord !

— À tes ordres, commandant !

Fifi se tourna vers Tommy et Annika.

Tommy trouva que les yeux de Fifi étaient bizarres. Une fois, ceux de sa maman avaient eu le même éclat, quand il avait été très, très malade. Annika était recroquevillée sur une petite pile de caisses. Fifi la prit dans ses bras.

— Au revoir, Annika, au revoir, murmura-t-elle. Ne pleure pas !

Annika passa ses bras autour du cou de Fifi et poussa un gémissement désespéré.

— Au revoir, Fifi..., bredouilla-t-elle entre deux sanglots.

Fifi prit la main de Tommy et la serra très fort. Puis elle franchit la passerelle à toute vitesse. Une grosse larme coula alors le long du nez de Tommy. Il serra les dents mais rien n'y fit. Une deuxième larme se mit à couler. Il prit Annika par la main. Ils virent Fifi sur le pont mais les choses ont toujours un aspect trouble quand on les voit à travers un rideau de larmes.

— Vive Fifi Brindacier ! criaient les gens sur le quai.

— Fridolf ! Ramène la passerelle ! cria le capitaine Brindacier.

Fridolf s'exécuta et *L'Étourdie* était parée pour sa traversée vers le bout du monde. C'est alors que...

— Non, papa. Ça ne va pas ! Je ne peux pas supporter ça !

— Qu'est-ce qui ne va pas ?

— Je ne supporte pas de voir des gens tristes à cause de moi. Surtout pas Tommy et Annika. Remets la passerelle. Je reste à la villa *Drôlederepos*.

Le capitaine Brindacier resta un long moment silencieux.

— Fais comme tu veux. C'est ce que tu as toujours fait !

Fifi acquiesça :

— Oui, j'ai toujours fait ce qui me plaisait, dit-elle calmement.

Fifi et son papa se serrèrent dans leurs bras – et leurs côtes craquèrent encore une fois. Le capitaine Brindacier promit de revenir souvent, très souvent à la villa *Drôlederepos*.

— Et puis, papa, il vaut mieux qu'un enfant

153

ait une vraie maison et qu'il ne parcoure pas les océans tout le temps. Ni qu'il habite dans une cabane de Couricouriens. Tu ne crois pas ?

— Ma petite fille, tu as raison, comme toujours. Il est évident que tu mènes une vie plus réglée à la villa *Drôlederepos*. Et c'est ce qui convient aux petits enfants.

— Exactement. C'est absolument mieux pour un petit enfant de mener une vie bien réglée. Surtout quand il peut la régler lui-même !

Fifi dit au revoir aux matelots de *L'Étourdie* et elle embrassa son papa une dernière fois. Puis elle souleva le cheval et descendit la passerelle. *L'Étourdie* leva l'ancre. Mais, au dernier moment, le capitaine Brindacier se rappela quelque chose.

— Fifi, cria-t-il, tu as besoin de quelques pièces d'or ! Attrape ça !

Et il lança une nouvelle valise de pièces d'or. Malheureusement, *L'Étourdie* s'était déjà bien éloignée du quai et la valise ne l'atteignit pas. Plouf ! Et la valise coula. Un soupir de déception parcourut la foule. Plouf ! C'était Fifi qui avait plongé et, un instant plus tard, elle resurgissait avec la valise entre les dents. Elle grimpa sur le quai et enleva quelques algues qui s'étaient prises dans ses oreilles.

— Me revoilà riche comme une fée !

Tommy et Annika n'avaient pas encore compris ce qui s'était passé. Bouche bée, ils regardaient fixement Fifi, le cheval, M. Nilsson, la valise d'or et *L'Étourdie* qui quittait le port à pleine voile.

— Mais... Mais... Tu n'es plus sur le bateau ? demanda Tommy après beaucoup d'hésitation.

— À ton avis ! dit Fifi en essorant ses tresses.

Puis elle mit Tommy, Annika, M. Nilsson et la valise sur le dos du cheval et s'assit derrière eux.

— Retour à la villa *Drôlederepos* ! cria-t-elle d'une voix enjouée.

Tommy et Annika comprirent enfin. Tommy

155

fut tellement ravi qu'il entonna sur-le-champ sa chanson favorite :

— *Voilà les Suédois qui font les fiers-à-bras, qui sonnent le branle-bas avec grand fracas !*

Annika avait tellement pleuré qu'il lui était difficile de s'arrêter tout de suite. Elle sanglotait encore, mais c'étaient juste de tout petits sanglots de joie qui allaient bientôt cesser. Fifi la tenait solidement par la taille. Quelle sensation de sécurité ! Ah ! Que tout était merveilleux !

— Fifi, qu'allons-nous faire aujourd'hui ? demanda Annika, une fois que les sanglots eurent pris fin.

— Eh bien... Jouer au croquet, par exemple, répondit Fifi.

— Oh oui ! s'écria Annika. Elle était sûre que même le croquet serait différent par la simple présence de Fifi.

— Ou peut-être...

Tous les enfants s'agglutinèrent autour du cheval pour entendre ce que Fifi allait ajouter.

— Ou peut-être qu'on pourrait aller à la rivière et nous entraîner à marcher sur l'eau.

— On ne peut pas marcher sur l'eau ! objecta Tommy.

— Mais bien sûr que si. D'ailleurs, à Cuba, j'ai rencontré un charpentier qui...

Le cheval se mit à galoper et les petits enfants ne purent entendre la suite. Mais ils restèrent longtemps, très longtemps à regarder Fifi et son cheval qui fonçaient vers la villa *Drôlederepos*. Bientôt, ils ne virent plus qu'un petit point à l'horizon qui, à son tour, disparut complètement.

TABLE

Le Livre de Poche s'engage pour l'environnement en réduisant l'empreinte carbone de ses livres. Celle de cet exemplaire est de :

390 g éq. CO$_2$

Rendez-vous sur
www.livredepoche-durable.fr

**PAPIER À BASE DE
FIBRES CERTIFIÉES**

« Pour l'éditeur, le principe est d'utiliser des papiers composés de fibres naturelles, renouvelables, recyclables et fabriquées à partir de bois issus de forêts qui adoptent un système d'aménagement durable. En outre, l'éditeur attend de ses fournisseurs de papier qu'ils s'inscrivent dans une démarche de certification environnementale reconnue. »

Composition PCA - 44400 Rezé

Imprimé en France par CPI Firmin Didot (123751)
32.10.2472.2/05 - ISBN : 978-2-01-322472-7
Loi n° 49-956 du 16 juillet 1949 sur les publications destinées à la jeunesse
Dépôt légal : août 2014